中华魂

ZHONGHUA HUN

百部爱国故事丛书

为抗战发出怒吼

——人民音乐家冼星海

姜淑兰　赵梓冰　编著

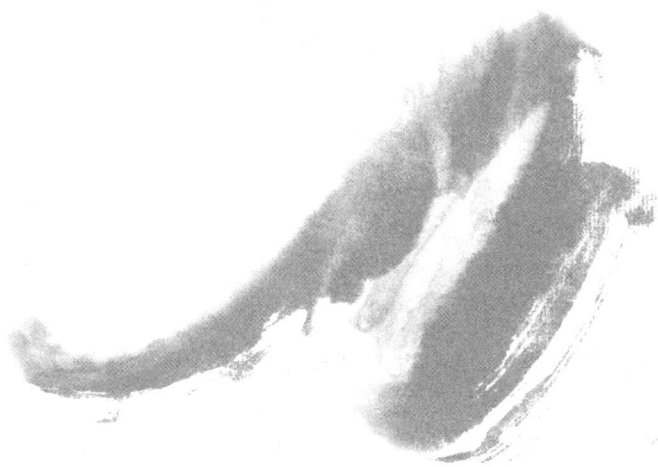

吉林人民出版社

图书在版编目（CIP）数据

为抗战发出怒吼：人民音乐家冼星海 / 姜淑兰，赵
梓冰编著 . -- 长春：吉林人民出版社，2011.3（2021.8 重印）
（中华魂·百部爱国故事丛书）
ISBN 978-7-206-07518-6

Ⅰ . ①为… Ⅱ . ①姜… ②赵… Ⅲ . ①故事—中国—
当代 Ⅳ . ① I247.8

中国版本图书馆 CIP 数据核字 (2011) 第 032578 号

为抗战发出怒吼
——人民音乐家冼星海
WEI KANGZHAN FACHU NUHOU
　　　——RENMIN YINYUEJIA XIAN XINGHAI

编　　著：姜淑兰　赵梓冰
责任编辑：田子佳　　　封面设计：孙浩瀚　　　责任校对：杨舒淇
制　　作：吉林人民出版社图文设计印务中心
吉林人民出版社出版 发行（长春市人民大街7548号　邮政编码：130022）
印　刷：北京一鑫印务有限责任公司
开　本：787mm×1092mm　　1/16
印　张：8　　　　　　　　字　数：64千字
标准书号：ISBN 978-7-206-07518-6
版　次：2011年3月第1版　　印　次：2021年8月第2次印刷
定　价：35.00 元

如发现印装质量问题，影响阅读，请与出版社联系调换。

总　序

　　《中华魂》是一套故事丛书。它汇集了我国自鸦片战争以来一百八十余年间的近百位民族英雄、仁人志士、革命领袖、先进模范人物的生动感人事迹，表现了他们作为中华儿女的伟大的爱国主义精神。

　　爱国主义是人们对于"生于斯、长于斯、衣食于斯"的祖国的一种神圣感情，是人们对于自己民族的一种强烈的责任感和使命感，是感召和激励整个中华民族的一面永不褪色的旗帜。在一百多年的中国近现代史上，爱国主义一直激励着中华儿女为祖国的独立、统一、进步和繁荣而英勇奋斗。从"苟利国家生死以，岂因祸福避趋之"的林则徐，到"我自横刀向天笑，去留肝胆两昆仑"的谭嗣同;从"铁肩担道义,妙手著文章"的李大钊,到"青春换得江山壮,碧血染将天地红"的赵一曼;从"县委书记的好榜样"的焦裕禄,到"问鼎长天,扬我国威"的邓稼先……都表现出了强烈的爱国主义精神。正是由于热爱祖国的人们前仆后继地奋斗,国家和民族才得以生存,才能够在一次次历史危急关头转危为安,走向兴盛和富强,从而屹立于世界民族之林。爱国主义是鼓舞中华儿女历经忧患、跨越沧桑、百折不挠、自强不息的伟大力量,它贯穿于中华民族的整个历史,并有力地凝聚着五洲四海的中国人。

爱国主义是一个历史的范畴,在社会发展的不同阶段、不同时期有不同的具体内容。革命时期,需要我们为祖国的独立自主出生入死;建设时期,需要我们为祖国的繁荣富强增砖添瓦。在全国各族人民团结一心,开启全面建设社会主义现代化国家新征程的今天，我们要争做一名新时期的爱国者。新时期的爱国者要有强烈的民族自尊心、自豪感。民族自尊心、自豪感是任何时期、任何爱国者都必须具备的情感。民族自尊心能增强我们自立向上的恒心，民族自豪感能树立我们建设祖国的信心。要树立"祖国高于一切"的崇高信念，为了祖国和人民的利益不惜抛却个人的利益，甚至不惜牺牲个人的生命。我们要树立终身学习的理念，拓宽自己的知识面，广泛吸收新知识、新技术，完善自身的知识结构，更新学习知识的方法与理念，从思想上、知识上充分武装自己，为祖国的繁荣昌盛贡献力量。

爱国主义思想的继承和发扬，是关系到民族盛衰、国家兴亡的根本问题。爱国主义思想情操的形成，需要不断地培养。培养爱国主义精神的一个重要途径是向英雄人物和典范事迹学习和致敬。这套丛书的出版,对于青少年向英雄和先进人物学习,特别是对于在中小学生中进行爱国主义教育是不可多得的生动的教材。祝愿此书出版发行成功,为培养时代新人做出贡献。

胡维革

中华魂
百部爱国故事丛书

编 委 会

为抗战发出怒吼，为大众谱出呼声！

——周恩来

目　录

顽强的毅力　不懈地追求　　/ 001

谱出抗战的呼声　　　　　　/ 037

艺术上的再生　　　　　　　/ 065

发出人民大众的怒吼　　　　/ 078

中华**魂** 百部爱国故事丛书
ZHONGHUA HUN

顽强的毅力　不懈地追求

　　1930年初，在巴黎郊外的一个狭窄而又泥泞的街道上，一个衣衫褴褛、面容憔悴的东方青年徘徊着，徘徊着。来巴黎已经是第三个星期了，他还是到处流浪、奔走，找不到工作。这时一种强烈的愿望又驱使他来到了马德里路巴黎音乐院的门前——这是他多年来一直倾心向往的地方，可是现在他还没有资格进入。但是，能从外面望一望这威严耸立的大门，听一听里面传出的美妙歌声，也就满足了。就在这时，守门人急速地朝这个异国流浪汉跑过来，恶狠狠

人民音乐家冼星海

——人民音乐家冼星海
为抗战发出怒吼

地横扫他几眼，然后像驱赶叫化子似地挥手把他赶走，这使他感到一阵阵揪心般的难受。

现在，肚子又在咕噜噜地叫了，他摸了摸口袋，只剩下最后的几个法郎了。这几天，他竭力控制着食欲，每顿饭只吃半个面包，但朋友们资助的一点钱还是很快地减少下去……这个远在异国他乡为生存而奔波，为理想而忍饥挨饿的青年，便是后来著名的音乐家——冼星海。

他仍茫然地走着，也不知道来到了什么地方，这没关系，对于一个流浪者来说，哪里都是一样。塞纳河水哗哗地流着，不远处传来码头上喧嚣的声音。他无意间瞥了一下街牌，心中突然一亮。在来法国的轮船上，曾有一个中国水手向他介绍过这个地方，这里有几家饭馆雇佣着一些中国人，也许能碰上一个机会找点工作。于是，他走进了一家饭馆，这里碰巧有个堂倌是中国人，他得知冼星海的情况后，很是同情，他听老板说过饭店里要招雇杂役，便去和老板说了，老板让冼星海明天来试工。明天，还要明天么，冼星海真是巴不得今天就留下来。

　　冼星海终于有工作了，当然这工作是又苦又累的。在这个以"自由、平等、博爱"的响亮的口号闻名世界的国度里，劳动者的休息权是不受尊重的。这里的杂役，从早上5点钟起就要到奶厂和面包房取货，回来后得赶紧整理餐厅，迎接最早的一批顾客，接着就是上上下下收拾家具，提水搬菜，这中间还包括伺候老板一家五口人的吃喝。老板是一个有个挺大的酒糟鼻子的老头儿，他在战争中失去了一条腿，整天都坐在账桌旁读拿破仑轶闻，而把一切事务都交给了老板娘全权处理。老板娘大约有四十多岁，身材矮小、肥胖，但每天都打扮得花枝招展的，对待顾客娇声嗲气，好像来这儿的客人80%都是由于她的缘故。但对待手下的态度却极度恶劣，有时发起脾气来像头狮子。不过，老板娘对冼星海的工作起初是满意的，因为他不仅一个人能做两

哈萨克斯坦阿拉木图的冼星海纪念碑

个人的工作，而且任劳任怨，同那些闹着要涨工资的其他雇员相比，冼星海当然是最好的、最廉价的劳动力。后来，冼星海在餐厅里做了堂倌，这工作并不比杂役更轻松，因为要圆满地完成老板娘连珠炮式的指

令，实在不是件容易的事。

"小蒙古（老板娘以为除日本人外，所有的东方人都是曾惹起'黄祸'的蒙古人），端菜去！"

"小蒙古，威士忌！"

"咖啡，咖啡！"

"帐单，帐单！"

这样，每当一天工作完毕，冼星海就像一个长途旅行者一样，拖着沉重的双腿，一步挨一步地爬上那间租来的七层楼的小鸽子窝，往破床上一躺，就昏昏欲睡了。朦胧间，老板娘指手划脚的身影又出现在眼前……他常常因此而惊醒，坐起来久久发呆，"不行，这样下去怎么办？我来巴黎的目的是什么？音乐，音乐啊……"

急切的情绪几乎变成了烦躁，虽然目前吃饭的问题解决了，可是两颊反而深陷下去了。第一次发薪水，他便买了一把提琴，每天下班回来练。虽然一边工作一边练琴，着实很苦，但冼星海都不放在心上，最让他感到头痛的是，没有老师的指导，怎么提高呢？

得知马思聪（著名的音乐家）在跟伟大的小提琴家奥别多菲尔学习后，冼星海决定去找他。马思聪也听说过国内有个颇有才华的"南国箫手"冼星海，只

是万万没有料到，这个很有名气的"南国箫手"竟是如此的穷困潦倒。怀着极大的同情和对这种顽强的学习精神的敬佩，他领着冼星海去见奥别多菲尔。可是，当冼星海听说学费是二百法郎时，心里犹豫起来，但最后还是鼓足勇气去了。

奥别多菲尔先生听完了冼星海的陈述，沉思了一会儿。尽管这位大师对冼星海的试奏并不很满意，又嫌他的年龄大了一点，但这年轻人的经历和对音乐的执着追求，深深地打动了他，他从自己的切身体验中深知，"天才"的很大成分是一个人的意志力量和不懈的努力。此外，在他教授第一个中国学生时，就发现东方人的音乐感和灵动的指触，比他的欧洲学生有过

马思聪塑像

1923年和1931年马思聪两度赴法国学习音乐，主修小提琴与作曲。

之而无不及。他想以自己的这种发现来击败音乐界的那些保守派和狭隘的民族主义者。于是，他向那紧张地期待着回答的青年人说：

"从今天起你就是我的学生了，在你没有足够的收入以前，我不收你的学费。"

两个青年紧握着老师的手不放。冼星海激动的心情更是难以形容，他下决心要学好小提琴，不辜负老师的厚爱。

因为白天工作，他便利用晚上的时间勤奋地练习，

常常从夜半一直到黎明。手指麻了，大脑木了，可是他仍就不肯停下，直到东方露出了鱼肚白，他才稍稍伸展一下疲惫的身躯，到水管边冲一下脸，便"噔噔噔"地跑下楼去，穿过残夜未尽的冷落街头，又开始了新的一天艰苦的劳动生活。 冬天接近了，寒风在夜晚特别显示出它的威力，手指伸展不开，无法利用晚上的时间练琴，冼星海便利用夜晚的时间读曲谱，分析作品，练习写作。白天，

冼星海留学时的护照

CONSERVATOIRE NATIONAL
DE MUSIQUE ET DE DÉCLAMATION
CARTE D'IMMATRICULATION
ANNÉE SCOLAIRE 1934-1935
M
élève de
1934-1935

他带着提琴去上工，寻找一点一滴的工作间隙时间进行练习。日复一日，他的体力渐渐支持不下去了，两眼周围渐渐地起了黑雾，他时常在工作时感到一阵阵地眩晕，工作也不像从前那样迅速了。老板娘对这个能干的小伙子的好印象越来越减退了，她很想好好地教训他一顿，但是总找不到机会——因为他把该做的都做了，只不过比从前迟钝了一些而已。终于有一天，机会来了……

"叮呤呤——"餐厅的铃声响了，冼星海急忙撂下提琴，端起菜盘走去，他踏上楼梯，一阵晕眩又发作了，他扶着栏杆，略微定了定神，铃声还在响着，他端好菜盘，一步，两步……跨上去，他觉得，太阳

穴里好像有许多针尖，刺得眼前冒金花，金花又化作许许多多的大大小小的问号，一起向他袭来。他想躲避这个袭击，身体略一倾斜，脚底下登个空，哗啦啦，几个盘子摔得粉碎，菜汤溅满了一身，他晕倒了，并从楼梯上滚了下来。

冼星海从老板娘的叫骂声中醒了过来。老板娘用最恶毒的语言，把她从她丈夫那儿知道的关于"蒙古人"和鞑靼人的种种"恶德"都抛在了这个可怜的年青人身上，她期望这个青年能在她的威严下屈服，跪下来向她告饶。结果却令她大失所望，这个青年好像根本就没有听到她的骂声，他从容地拾起餐具的碎片，收拾净了残渣，然后返回身取来自己心爱的提琴，礼

澳门冼星海铜像

为抗战发出怒吼
——人民音乐家冼星海

貌地向老板娘点了一下头，便昂首阔步地走出了店门，剩下老板娘愣愣地站在那里。不知怎么，老板娘对自己刚才的举动有些后悔了，但她知道这个青年不会再回来了。

冼星海又一次成了流浪汉，生活的道路好像布满了荆棘，每前进一步，都要付出代价。为了生存，不！为了理想，为了音乐，冼星海拖着虚弱、疲惫的身子又奔波了好几天，但一点进展也没有。他所看到的只是许多冷酷的、无动于衷的面孔。在街上，他也看到了一些卖火柴的孤儿、告地状的老兵和沿街乞讨的盲艺人，冼星海深深地同情他们。如果这时自己能弄到一点钱，他会毫不犹豫地先投到这些可怜人的手里，虽然他已记不清

自己的上一顿饭是什么时候吃的了。

找不到工作，冼星海心里非常焦急，"难道自己就要这样永远流落于巴黎街头吗？难道自己的理想就这样破灭了吗？不，我要音乐，我要学习，我要想尽一切办法拯救自己！于是，冼星海决定去咖啡馆为顾客们演奏。

他提着琴向一家座落在闹市街头的外表装修得富丽堂皇的咖啡馆走去。他推开门，轻轻地迈了进去，站在靠角落的一个餐桌旁，把提琴放在桌子上，然后

——人民音乐家冼星海

为抗战发出怒吼

他勇敢地环顾了一下四周。咖啡馆里的人并不多,有正在谈生意的商人,有窃窃私语的情侣,也有打扮入时闲着无聊消磨时间的男女……在这之中,冼星海发现有两个中国人,除了他们的语言和外貌外,真的看不出他们与最摩登的法国人有什么区别。

冼星海拿起琴,极不自然地拉起来,虽然他并不是第一次登台演出。在国内,他曾多次在大型的音乐会上演奏过,也曾有许多人喜爱和崇拜过他这个"南国箫手"。但今天毕竟和那时不一样,在这里人们至多把他看成是一个穷酸的卖艺人,而不是一个艺术家。虽然他心里上根本不屑于这市俗的偏见,因为他觉得靠自己的劳动来生活而不强求别人的施舍,这比那些巧取豪夺的达官贵人不知要高尚多少倍！但他毕竟是一个20多岁，有着强烈自尊心的男子汉。所以，第一次在这样的环境下演出，他还是有点窘……

他首先演奏了一曲莫扎特的回旋曲，但没人理会他。他又演奏了圣·桑的《天鹅》和比才的《哈巴涅拉》，有两个人抬头望了他一眼。接着他又演奏了两曲……然后，他笨拙地从桌子上拿起一只盘子，这盘子好像无比的沉重，他几乎是一步一步地挪到顾客面前，慢慢地伸出手去……顾客们有的友好地望了他一眼，微笑着把钱放到他的手里；有的却连头也不抬，随便从衣袋里掏出一些钱，数也不数，就朝冼星海的盘子里投了过去，然后摆了摆手，一副极不耐烦的样子。当冼星海走到这两个中国人面前

冼星海纪念馆

时，他的心里好一阵激动，在异国他乡能遇到来自祖国的同胞，该是多么幸运啊！然而接下来发生的事却使冼星海始料不及……

"你给我拉，拉一个《小心肝》，我把这些钱都给你。"其中一个掏出一把钞票往桌上一放，然后斜着眼睛对冼星海说道。

冼星海默默地摇了摇头，表示他不会演奏这支曲子。

"啊哈！在大爷面前，你敢不拉，你不拉我的《小心肝》，你看我怎么教训你。"说着，他夺过盘子，把它摔了个粉碎，钱飘落了一地……

冼星海静静地看了看那个摔碎他盘子的人，什么也没说，他觉得跟这种人理论，简直是对他的一种污辱，而且这是在国外，他不愿意让外国人看中国人的笑话。为了心中的理想，更是为了祖国的尊严，他愿意忍辱负重。他放下提琴，弯下腰去，开始拾地上的钱。这时，冷不防，一只锃亮的皮鞋重重地踩在了他的拾钱的手上，冼星海疼得抽出手来，他抬头一看，

这时一张狰狞的面孔正朝他冷笑着，刚才那种虚伪的绅士风度顷刻间荡然无存。冼星海忍无可忍，他猛地站了起来，可是还没等他站稳，一只拳头朝他头部重重地袭了过来，接着一把夹着一些硬币的钞票劈头盖脸地朝他扔了过来，他顿时觉得天旋地转，虚弱的身子晃了两晃，差点倒下来……这时，他模模糊糊地感觉到几只手将他半搡半推地送出门外，背后清楚地传来几句："跑到外国来丢中国人的脸……在国内，给我提鞋我都

——人民音乐家冼星海

为抗战发出怒吼

以冼星海名字命名的广州音乐厅

不要……"

冼星海醒来时，发现自己躺在一张床上，周围的一切都是陌生的，一间大约50平方米的房子，几件简单的家具整齐地摆放在那里，使整个房间显得干净、利落。冼星海向床边望去，三张焦急的面孔正注视着他：一个是位慈祥的老妈妈，黑色的头巾裹住了她花白的头发；在她身后站着的是位金发碧眼的漂亮姑娘，向前探着身，嘴唇微张；窗前的椅子上坐着一个似曾相识的小伙子。冼星海朦胧中记得，就在他要倒下去的时候，就是这位小伙子救了他。冼星海立即挣扎着从床上爬起来，来感谢这异国的救命恩人……后来，冼星海和这个法国工人家庭结下了深厚的友谊，也成

了这个家庭的常客，而他们也把冼星海看成是这个家庭的一员。在最无助的时候，他们给予了冼星海许多的关怀和帮助。

在以后的日子里，冼星海还是找不到固定的工作，他就靠干各种杂活：守电话、抄乐谱、看小孩、做理发店杂役等等，来维持生活。他是在精疲力尽、饥寒交迫之下以极大的毅力学习音乐的。这一时期，奥别多菲尔先生对冼星海，无论是在生活上还是在学习上都是

非常关心的。当他得知
冼星海老是找不到一个
有固定收入的职业时，
就一直不肯收他的学费，
这使冼星海非常感激，
也很不安，而奥别多菲
尔先生就常常安慰他说：
"单单指望金钱是培养不
出音乐家来的，一个人
有才能，有决心，他也
就有权利得到培养，一
个被培养的人也就有义
务去培养别人。如果我

们的先辈不是这样身体力行，人类的音乐艺术也不会
得到今天这样的发展。那些王位承袭者和公爵们究竟
对人类的音乐的发展起了多大的作用呢？如果我们今
天不按照我们的良知这样作，我们就不配称为那些优
秀的先辈们的继承者，也愧对我们的后代。"为了提高
冼星海的音乐修养，奥别多菲尔先生还为他介绍了其
他老师：作曲家德印第先生（也是法国著名音乐教育
家、"青年法兰西"学派的代表人物）、作曲家加隆先
生、里昂古特先生，指挥家拉卑先生等。他们都是著

名的音乐家，但是知道冼星海的处境后都不收他的学费。特别是奥别多菲尔先生，他在每次举行自己的音乐会时，总是要免费送给冼星海头排票，这些都给了他极大的安慰与鼓舞，使其虽受生活的折磨而从不灰心丧志。

在生活困苦的时日，冼星海对祖国的思念和忧虑也愈来愈深。那时，冼星海加入了"国际工会"，他常到国际工会的俱乐部去看记载着祖国时事新闻的电影。这时的祖国此刻正经历着严重的危机，东海那边的强盗正开进东北原野……从祖国传来的每条消息都重重地刺伤了冼星海，在悲痛里，冼星海把对祖国的思念、隐忧、焦急和自己生活中的痛楚用音乐写下来，创作

——为抗战发出怒吼

——人民音乐家冼星海

冼星海纪念馆

了在当时颇为成功的作品《风》。

这是一个严冬的傍晚，劳累了一天的冼星海一步一步地爬上他的那间破陋的阁楼，他感到又冷又饿又累，他躺在床上，裹紧了那件破旧的大衣，想在睡梦中躲避这寒冷、饥饿、忧伤和疲倦。然而，寒气从大衣的破洞侵入，像是些刁滑、顽强的小动物，很快就爬满全身，使他无法入睡。这时，冷不防一扇窗户被风吹落在地，玻璃哗啦啦摔成了碎片，桌上的谱纸被吹得满屋飞舞，煤油灯也熄灭了。冼星海从床上起来，用床单堵上窗户，但却挡不住寒冷。一切的睡意都没了，他重新点燃了油灯，站在窗前，听窗外风声猛烈的嘶叫，他的心也跟着猛烈的撼动，一切人生的苦、

辣、辛酸、不幸都从心底奔涌出来，不能自己。他忘记了寒冷、饥饿，忘记了时间，一鼓作气，把全部的情感借助风用音乐表达出来……他不明白，为什么一首《朔拿大》到现在八个月了还未完成，而一夜之间却奇迹般地完成了这部作品《风》。这里没有经过精心的雕琢，却呕出了自己的心血。

第二天一早，冼星海怀着惴惴不安的心情来到了巴黎音乐院，找到了奥别多菲尔先生介绍给他的巴黎

巴黎 塞纳河

音乐院著名教授、作曲家加隆先生。加隆先生看了冼星海的作品后，很是欣赏。他告诉冼星海准备把《风》推荐给巴黎音乐院的新作品演奏会。冼星海知道这种音乐会只演奏院内优秀的老师或学生作品，所以他对此并不抱有多大的希望，只要得到老师的承认就可以了。可是第二天加隆先生亲自找到冼星海，并告诉他《风》已经进入演奏会的节目单了，下周就上演。对于一个连进校门都非常困难的年轻人来说，这个消息是多么令人振奋啊！

入场的铃声响了，冼星海随着人们走进演奏厅，有人指点着前排特别座席上的几个听众：杜卡斯（世界著名作曲家，音乐教育家）、拉威尔（法国作曲家，是继德彪西以后法国印象主义音乐最重要的代表人

物）、普罗科菲耶夫（苏联作曲家，苏联音乐界重要代表人物）……好多他听说过，但不认识的音乐家。他的心情非常紧张，担任《风》的独唱的是有名的女高音歌唱家盖尔曼。冼星海曾在一次音乐会上听过她的独唱，她的声音圆润、高亢，感情充沛，但今天她能不能把《风》的主题充分表现出来呢？他心里忐忑不安，觉得身后有许多视线射过来，射在背上，刺得好痛，他觉得有种压力，简直坐也坐不直了……

《风》已经唱完了，听众的掌声很热烈，有很多人继续拍着手，似乎要求重来一次，但那几位令人敬畏的音乐家怎么看呢？冼星海心里还是没底。

"祝贺你，年轻人！"杜卡斯先生紧拉着他的手

巴黎音乐院

说："我以为作品是成功的，一首充满人道主义精神的作品，你跟德印第学习过吗？……我听得出来，我甚至觉得这里有他的精神上的影子呢……"

"照我看，这里还深深体现着一种传统的东方文明——儒家的'仁'。"拉威尔说。

"一件有才华的作品，一个有才华的青年。"普罗科菲耶夫说着，从冼星海手里接过乐谱，很感兴趣地翻着，"我希望这件作品能够介绍给更多的听众，怎么样，我们来组织一次在电台的广播，好吗？"

冼星海聆听着几位大师对《风》的议论，心里非常激动和幸福。他没想到《风》那么样受人欢迎。而且还得到了那些著名音乐家们的称赞。后来，冼星海

的《风》和前面提到的《朔拿大》都先后在巴黎电台
播放过和公开演奏过。冼星海多年来的不懈追求、苦
心经营，终于结出了丰硕的果实。

由于奥别多菲尔先生的介绍，更是由于作品的极
大成功，冼星海有幸结识了巴黎音乐院的大作曲家杜
卡斯先生，并成为他的门生。杜卡斯先生经常给冼星
海各种援助。送衣服、送钱，不断地鼓励他，并答应
准他考巴黎音乐院的高级作曲班，这是冼星海早就梦
寐以求的，也是他来法国的目的之一。

考试的那天到了，一些投考者穿着笔挺的西装，
扎着高级的领带，一个个风度翩翩，昂首阔步，骄骄
然迈进巴黎音乐院的大门，门警对这些未来的大音乐

为抗战发出怒吼

家们毕恭毕敬。但这是谁？一个中国苦力？门警上前拦住了去路。

"修下水道的么？证件！"

"不，投考的。"

"什么，投考的？"门警以为这个"中国苦力"在开玩笑，"好啊，哪个班？"他问。

"高级作曲班。"

"我不喜欢开这样的玩笑。快些，证件！"

就在冼星海去掏准考证时，杜卡斯先生走了过来，他亲切地握住了冼星海的手，转身向门警说："这是我的学生。"然后挽着冼星海一起走了进去。门警久久地望着他们远去的背影，百思不得其解。

冼星海雕塑

考试进行得很顺利，和声、赋格、作品分析都通过了，最后验交的创作是《风》和小提琴与钢琴合奏的《朔拿大》，主考官们交头接耳地议论了一番，最后由杜卡斯代表大家宣布：

你已经通过了考试，而且我们决定给你荣誉奖，按照学校传统的规定，你可以自己提出物质方面的要求。

冼星海觉得有些站立不稳了，他顿时觉得很疲乏，很饥饿，耳朵里有什么东西隆隆地响起来……

"饭票"，他只说了这两个字。

就这样，这个百折不挠、自强不息的小伙子终于走进了这个音乐最高学府，真正成为世界著名的音乐大师杜卡斯先生的学生。当然，以后的生活更穷苦了，甚至连买书和纸都很困难，吃饭当然是最低等的，而且每日还不能吃饱。但冼星海终于以惊人的毅力圆满地完成了学业，并于1935年春，以优异的成绩从高级作曲班毕了业。之后，冼星海不顾老师和朋友们的规劝，没有留在法国，而是毅然决然地投入了祖国的怀抱。

冼 星 海

1905年6月13日（农历五月十一日）生于澳门一个贫苦船工的家庭，1918年入岭南大学附中学小提琴，1926年入北京大学音乐传习所、国立艺专音乐系学习。1928年进上海国立音专学小提琴和钢琴，并发表了著名的音乐短论《普遍的音乐》。1929年去巴黎勤工俭学，从师于著名提琴家帕尼·奥别多菲尔和著名作曲家保罗·杜卡斯。1931年考入巴黎音乐院。在"作曲大师班"学习。留法期间，创作了《风》、《游子吟》、《d小调小提琴奏鸣曲》等十余首作品。1935年回国后，积极参加抗日救亡运动，创作了大量战斗性的群众歌曲，并为进步影片

《壮志凌云》、《青年进行曲》，话剧《复活》、《大雷雨》等谱写音乐。抗战开始后参加上海救亡演剧二队，后去武汉与张曙一起负责开展救亡歌咏运动。1935年至1938年间，创作了《救国军歌》、《只怕不抵抗》、《游击军歌》、《路是我们开》、《茫茫的西伯利亚》、《祖国的孩子们》、《到敌人后方去》、《在太行山上》等各种类型的声乐作品。1938年任延安鲁迅艺术学院音乐系主任，并在"女大"兼课。教学之余，创作了不朽名作《黄河大合唱》和《生产大合唱》等作品。1940年去苏联学习、工作，1945年10月30日卒于莫斯科。

星海中诞生

1905 年 6 月 13 日，澳门港，满天的繁星笼罩着南中国海，宁静而安详的海面犹如盛满珍宝的流动的玉盘。"哇！"一声响亮的新生儿的啼哭划破了这个静夏的夜空，在海面上的一艘渔船之上，名叫黄苏英的孕妇产下了一名男婴。她看着儿子诞生时这缀满星光的大海，便为他取名星海。

由于丈夫去世，再加上自己临盆体弱，黄苏英只好告别了自己海上的"家"，弃船登岸，带着儿子投奔了在澳门定居的父亲黄锦村。从此，这娘俩便开始了长达七年客居澳门的生活。

日子一天天地过去，靠母亲做佣工和外祖父接济生活，小星海渐渐长成一个健康、活泼的儿童。由于外祖父也是操打鱼的营生，他经常会跟随外祖父一起出海，偶尔还能回一下老家番禺。6 岁时小星海开始进私塾学习，可好景不长，一年后外祖父病逝，他只能失学随母亲去了新加坡做工过活。

　　1918 年，十三岁的冼星海回到祖国，因交不起学费而入了广州的岭南大学（今中山大学）基督教青年会所办的义学。为了能让做佣工的母亲不那么辛劳，小小年纪便很懂事的冼星海半工半读，赚钱贴补家用。

　　自小就喜爱音乐的冼星海，很早就表现出了出众的音乐天赋。在岭南大学附中，他参加了学校的管乐队，经过刻苦练习，他很快就能娴熟地吹奏单簧管。由于单簧管在中国民间被称为"洋箫"，因此冼星海就在师生中赢得了一个"南国箫手"的美誉。

京沪间成长

1926年春，21岁的冼星海挥别了母亲和故土，在朋友的资助下来到北京，考入北京大学音乐传习所。不过，出色的入学成绩并没有让冼星海欣喜，因为家境贫寒的他根本就交不起学费。这时，他遇到了自己的"贵人"——时任北大音乐传习所教务主任的萧友梅博士。

爱惜冼星海音乐天赋的萧友梅，给这位广东小老乡找到了一份学校图书馆助理员的工作，让他既可以赚钱维持生活，也可以从书本上学习更多的知识。萧友梅除亲自教授冼星海作曲理论外，还把他推荐给北大音乐传习所最好的俄籍小提琴教授托诺夫，学习小提琴。

冼星海在音乐上可谓大器晚成，以21岁的年龄才开始学拉小提琴。最初他粗糙、难听的琴艺被同学们戏谑地称为"宰鸡能手"。在名师的调教下，冼星海发奋学习，如饥似渴地从书本里汲取知识。据他的同学、著名作曲家丁善德回忆："他（冼星海）不分寒暑连续不断地练琴，稍一得闲就是阅读各种书籍，一天里好像从没有一分钟的空闲时间。"

1927年，奉系军阀接管北京政权后，其教育总长刘哲以"有伤社会风化"、"浪费国家钱财"为由，下令停办北京国立院校的所有音乐系科。萧友梅苦心经营了5年的北大音乐传习所也被迫解散。一年后，萧友梅在蔡元培的帮助下在上海成立了上海国立音乐专科学校，冼星海也跟随恩师萧友梅南下来上海继续求学。

在国立音专，冼星海除主修小提琴外，也开始学习钢琴。在这里，他还结识了志同道合的张曙、田汉等人，并参加了田汉领导的"南国社"。这时的冼星海认为，学习音乐的目的应该是"负起一个重责，救起不振的中国"，但他同时也意识到"中国的现在，实在难产生贝多芬这样的大天才。与其缺乏天才，不如多想办法，务使中国有音乐天才产生的可能。"他把自己逐渐成熟的思想变成了文字，写成了著名的

——人民音乐家冼星海

为抗战发出怒吼

音乐短论《普遍的音乐》。

《风》

在巴黎期间，冼星海先后创作了《游子吟》、《d小调小提琴奏鸣曲》等室内乐作品。其中，他根据唐朝伟大诗人杜甫的著名诗篇《茅屋为秋风所破歌》创作的奏鸣曲《风》，表达了"一切人生的祖国的苦辣辛酸"，除了在巴黎音乐院新作品演奏会上演，还在电台播出，受到巴黎音乐界的赞赏。

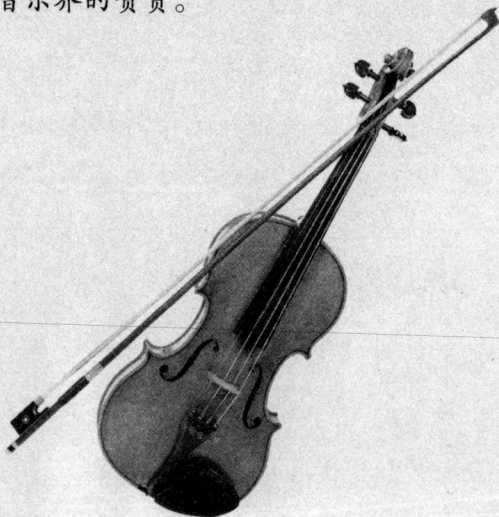

谱出抗战的呼声

想到就要回到阔别6年多的祖国，冼星海显得异常兴奋和激动。祖国，这是一个多么亲切、多么神圣的字眼，在国外，"祖国"曾经给了他无穷的力量和极大的安慰。对于他，祖国是一个完整的概念，是一个十分具体的，似乎触手可及的美妙的事物，恰似儿时做梦，梦见摘下天上的星星和月亮，串成晶莹的项链，挂在胸前向人炫耀那样。他想到母亲，想到南海、珠江、黄河和长白山，似乎这就是"祖国"的一切，他刻苦学习，忍受着一切折磨，就是为了祖国。今天，他回来了，带着他的破大衣、旧提琴和满腔的抱负。然而，一踏上这片故土，冼星海茫然了，他看到的是那

——人民音乐家冼星海

为抗战发出怒吼

些趾高气扬的外国水兵，穷凶极恶的日本浪人，飞跑在黄包车后面的乞丐，更衰老和更贫困的苦力；听到的是警车揪心的嘶叫，街头上应和着哀号般的大廉价、大拍卖的喇叭声和那忽快忽慢痉挛似的黄色歌曲的唱片声……这就是祖国么？这就是使人朝思暮想的一

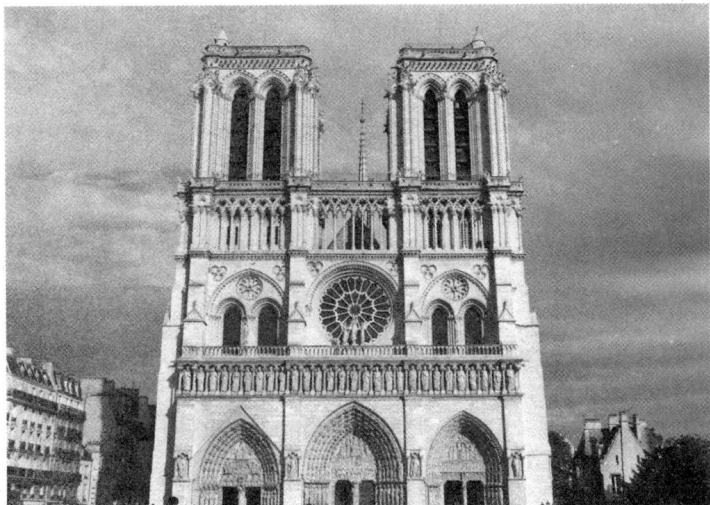

切么？幸福和隐忧、欢乐和辛酸同时强烈地震撼着冼星海的心。

几天来的印象，一下子还理不出个头绪来，但如今他应该做些什么呢？从哪里开始呢？……有些好心的朋友为他在报纸副刊上出了一页专刊，介绍他苦学的经历，所取得的成就，并登出了他的作品和老师们的照片。但反应很冷淡。在这风雨飘摇、人人自危的年代，谁去关心从海外归来的一个普通音乐家呢？他那貌不出众的肖像，远不如电影明星的照片、市场行情或者劫掠凶杀之类的社会新闻吸引人。对于另外一些狂傲的艺术家来说，他们总觉得这个五官虽然端正的广东青年人还有某种缺欠，但这缺欠究竟是什么，他们也说不出来。杜卡斯、普罗科菲耶夫虽然是举世闻名的音乐家，但这个僭妄的徒弟却不见得有什么了不起。"吹牛！"自视清高的"艺术家"酸溜溜地说，"归根到底不过是在外国给人家端了几年菜汤，算得了什么艺术家！"说着，把那副刊揉成一团丢进纸篓里。

冼星海陷入极度痛苦之中，不仅是苦于找不到工作，自己所学得不到承认，更是苦于找不到报效祖国的途径，苦于不能为灾难深重的祖国贡献自己的一份力量。但是，任何困难和挫折都吓不倒历尽沧桑的冼星海，他决定自己搞创作。经过不懈的努力，他回国后的第一个作品终于完成了，那就是影片《时势英雄》的插曲《运动会歌》，并开始着手写大型乐曲——《民族交响乐》。这时，"一二·九"运动爆发了，全国抗

澳门冼星海大马路

日救亡运动迅速高涨起来，外面如火如荼的斗争，以及局势的迅猛发展，使他无法静下心来专心致志地搞交响乐的创作。于是，他走出亭子间，把全部的激情投入到了谱写抗日救亡的歌曲当中。

这一时期，冼星海写了大量的抗日救亡歌曲：如《流民三千万》、《我们要抵抗》、《战歌》、《救国进行曲》等。这些歌曲热情坦荡，一泻而下，但同时又坚实毅厚，劲拔有力，那激昂的节奏、愤怒的旋律充分表达了中华民族勤劳、勇敢，不畏强暴、敢于反抗的伟大精神。因此深受广大群众的喜爱，冼星海的名字和聂耳、吕骥、贺绿汀、张曙等音乐家一起在人们中间广为流传。冼星海成了名人，一时间聘请他的公司

——为抗战发出怒吼
——人民音乐家冼星海

多了起来，最后冼星海去了几次三番请他的百代公司。因为冼星海的唱片销路最好，所以公司对冼星海格外高看，冼星海也比较满意这份工作，因为有了固定的收入，他就不用再为生活

巴黎音乐院后门

而奔波，这样就可以有更多的时间从事救亡歌曲的创作。但是，好景不长．因为这些发人深省、催人奋起的歌曲严重危害了国民党当局的利益，所以他们千方百计地从各方面打击它、扼杀它。

一天，冼星海被请到经理办公室：

"我们请你来是要通知你一件不愉快的事。"经理先生非常客气地请冼星海坐下，同情的目光从那金丝镜框外溢出来，"你的那张唱片，那张唱片……对了，叫什么来着……"

黄河

"《战歌》和《救国进行曲》。"秘书插道。

"……对，《救国进行曲》啊？……它的底版销毁了，不能继续出版。这是当局者的权力，公司做不了主。"经理先生摊开双手，做了个无可奈何的姿势。

"但是，先生的才华，敝人是一向钦佩的，所以公司愿意与先生进一步合作，聘请先生为音乐部主事人，月薪是……"

秘书递过来一张款数极大的支票。

"什么条件？"星海问。

"……条、条件嘛……就是希望先生不要再写当局禁止的那样歌曲。"

"那写什么？"

"这……这个嘛……最好写表现统一意志、集中力量，写体现'忠孝、仁爱、信义、和平'……这样的曲子。"

"是当局派你来当说客的吗？"冼星海愤怒地问道。

"啊……不，不。如果先生不愿意写这样的歌曲，也可以为公司指定的歌词配曲，只要先生答应以后不再写那些犯忌讳的歌曲，我们仍旧请您做主事人，月薪照常……"

说着，他拿出一叠注满符号的唱片目录，指了指上面划了红圈的那些，"像这样……这样的歌曲……"

广州麓湖公园星海园冼星海塑像

冼星海瞥了一眼，上面净是些不堪入耳的风靡一时的黄色歌曲。

"你们有钱，总以为艺术是可以用钱买来的。但是，一个真正的艺术家并不这么看。"星海退还了支票，"有的时候，一个艺术家宁愿饿死也不写违背自己良心的作品……"

离开了百代公司以后，星海又过起了穷苦的生活。但这一切：金钱、利益、地位的诱惑丝毫不能动摇他的理想和信念，不能扼杀他创作的激情。他下定决心："要继承聂耳所开辟的事业，创造一种新的音乐，让这种新音乐成为民族解放的有力武器，让新音乐在民族解放斗争中得到发展，让新音乐在战斗中，在反对为金钱、为色情、为屠刀……而服务的战斗中成长起

冼星海

来!"

　　冼星海除了写救亡歌曲外，还组织了救亡歌咏团体，向广大群众宣传抗日，普及音乐。他经常是背着行李，披星戴月，每天步行数十里，无论多么偏僻的乡村，不管旅途中多么劳累，每到一处，他都是放下背包就立刻跑去无偿地教群众唱歌，而群众对冼星海也是寄以无限深情。有一次冼星海到大场山海工学团教歌，当时这一带都有保安队宪警的严密的"保护"，但群众仍旧从四面八方而来，他们都甘愿冒着生命危险来保护冼星海，听冼星海教歌。

　　繁忙的工作并没有改善冼星海的生活，但他精神

却非常愉快。他觉得自己已经找到了一条正确的道路。从这里，可以把自己的力量贡献出来，贡献给祖国，贡献给人民。他好像在回国后的思想浑浊中发现了一股清流。他爱祖国、爱人民，但也爱艺术，常常觉得这里充满着不可解决的矛盾。现在他明白，两者并不是绝对对立的：艺术只有置于人民之中，它才会有无限的生命力，才是永恒的。他觉得自己过去的一些理想：普及音乐教育，创造产生中国贝多芬的条件，救国救民……还是比较抽象的，零散的，现在才找到了明确的道路。在这条道路上有许多志同道合、埋头苦干的战友，他不仅增强了信心，更加感到了一种力量，一种被千千万万个和他一样忠心耿耿的人支持着的巨大力量，这是不能绞杀的千万个觉醒的心灵，这是不能熄灭的已被点燃了的熊熊大火。歌本烧掉了，千万只手秘密地传抄着，反而流传得更广了；唱片砸毁了，千万张嘴悄悄地传唱着，反而在心里铭刻得更深了。

这里，那里，只要有人哼起一句战斗的歌曲，马上在对面的楼窗中，在行人的行列里，在那些上学的孩子当中，在那些劳作的工人当中……一个、两个、三个……许多陌生的声音跟着唱了起来，楼上和楼下形成参差不齐的二重唱，街头和厂房相互应和着大合唱……听，这是一些什么样的合唱队啊！

"轰轰轰，我们是开路的先锋……"

"谁愿意作奴隶，谁愿意作马牛？……"

"奋斗抵抗，奋斗抵抗，中华民族不会灭亡！……"

这歌声透过厚厚的墙壁，穿过细小的隙缝，它简直无所不存、无孔不入。这歌声是一个觉醒了的民族的声音，雄伟豪壮，势不可挡。

"七七事变"以后，

在全国人民的强大压力下，在中国共产党的抗日民族统一战线政策的感召下，国民党政府不得不实施一些开明的措施，于是"国民政府军事委员会政治部"宣告成立了，冼星海同许多的文化界人士一样，参加了第三厅，并担任着音乐方面的主任科员。他和张曙事实上在领导着当时的抗战音乐。

三月的武汉，桃花盛开，春意融融，一片生机，冼星海满怀着希望、憧憬来到了第三厅，到第三厅工作的还有冼星海的老友田汉、张曙等。他们个个精神抖擞，摩拳擦掌，准备干一番事业。冼星海比在上海时更忙了，他有时一天要跑七八个地方，这里教支新歌，那里讲讲乐理，这里帮助一个新成立的歌咏团体建立组织，那里又要出席一个座谈会，他辛勤地、忘我地工作着，甚至无暇去计量总共做了多少事情，不管谁求他，他都竭尽全力地使人们得到满足。这期间，冼星海工作特别兴奋，在百忙之中还创作了《保卫武汉》、《五一工人歌》、《新中国》、《祖国的孩子们》、《游击军》、《华北农民歌》、《当兵歌》、《我们的队伍向前走》等深受人们喜爱的歌曲，并成功地组织了十几万人参加的"七七抗战"周年纪念活动。这是冼星海难以忘记的一天，他清楚记得：

天还没黑，人们便从四面八方涌了出来，集合在街头巷尾，准备举行歌咏火炬大游行，歌咏队里的积极分子便利用这个机会教唱冼星海和朋友们为这次游行谱写的抗日救亡歌曲。一时间，歌声四起，响彻云霄，虽然

冼星海(右一)在黄石港宣传抗日

没有乐队的伴奏，但在星海听来，这是世界上最美妙、最动听的歌声，因为它是发自亿万中国人心底的呼声：

到敌人后方去，把鬼子赶出境。

不怕雨、不怕风，抄后路、出奇兵。

今天攻下来一个村，明天夺回一座城。

我们并不怕死，

不要拿死来吓我们！

我们不做亡国奴，

我们要做中国的主人！

让我们结成一座铁的长城，

把强盗们都赶尽！

让我们结成一座铁的长城，

向着自由的路前进！

天渐渐黑了。千万支火把举了起来，照得满街红彤彤的，使本来不怎么亮的路灯更显得昏暗无光了。人越聚越多，歌声也越来越响亮……

冼星海和同伴们沿着街走着，他深深地被眼前的情景所打动！这个在困难面前从未掉过一滴眼泪的坚强的男子汉，此时也禁不住热泪盈眶。以前，他也曾参加过游行，教唱过歌曲，他曾坚定不移地做这项工作，任劳任怨，不惧当局强横的压制，但那时的心情是悲愤和压抑的。现在情况不同了，人们终于可以尽情地在自己的国土上唱爱国、反抗侵略的歌曲了。这

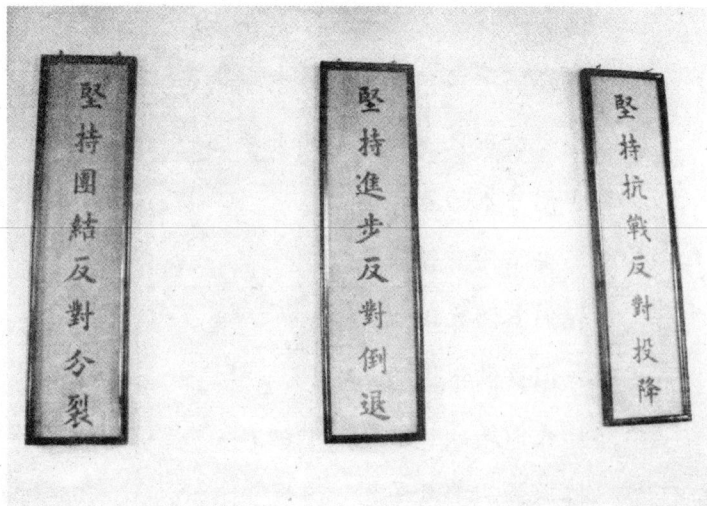

些歌现在正在大街小巷传唱着，化为十几万人众口一声的巨大音流，这是多么痛快淋漓的事呀！冼星海觉得自己多年追求的理想，蓓蕾终于绽开了。不是吗？人民普遍地接近了音乐，通过音乐，发出了抗战的吼声，同时人民的音乐水平又从这里得到提高。他想象着抗战胜利后的美好远景！音乐学院、管弦乐队、成批的优秀青年作曲家，精彩的音乐演奏会……这不是自己追求的最高理想么？为着这理想，过去曾不止一次地碰钉子，吃了不少苦头，历尽沧桑。而今天，胜利好象就在眼前，冼星海怎么能不激动呢！

冼星海在救亡歌咏运动中，广泛、深入地接触工农群众，而群众的爱国热忱和抗战决心也给了他无穷

的力量。人们都说，
哪里有群众，冼星
海就到哪里去；哪
里有冼星海，哪里
抗战的歌声就更加
高昂。他以不可抑
制的创作激情为大
众谱出抗战的呼声。
从 1935 年到 1938 年
不到三年的时间里，

冼星海和夫人、女儿

他创作的救亡歌曲就有四百余首之多。

　　然而随着抗战的进一步发展，国民党反动派消极
抗战、积极反共的嘴脸日益暴露出来，他们明显地感
到了抗日救亡歌咏运动力量的迅猛增长，所以就千方

冼星海（左三）

百计地进行破坏、压制。在武汉，冼星海参加建立的几十个歌咏团体被迫解散。他与聂耳等人创作的救亡歌曲再次被禁唱查封。但鉴于冼星海的威望，他们仍不得不将他留在第三厅。可是在工作中却受到了很大排斥，特别是失去了创作的自由，在作品中连"救亡"这两个字都不允许出现。冼星海感到异常苦闷、无事可做，其他的同事也有同感。因此，

他们编了一首打油诗说："报报到，说说笑，看看报，胡闹胡闹，睡睡觉。"

没有工作做，办公室简直比牢狱还要折磨人。冼星海干脆也不去第三厅应那个卯了。他躲在房间里，想利用这个机会写一批作品来。对冼星海来说，这是多么难得的"清闲"时间啊！经过辛勤的耕耘，终于《胜利的开始》、《到敌人后方去》、《工人抗战》、《反侵略进行曲》、《斗争就有胜利》、《空军歌》、《点兵曲》、《江南三月》等作品都先后问世了。但是，由于受国民党当局的限制，这些作品都不能被传唱和公开演奏。

事实再一次教育了冼星海，以前他一直认为艺术是可以脱离政治而存在的，他觉得自己不一定要在政治上信仰个什么主义，只要自己做一个真正的爱国者。然而经过这么多次的教训，他期望、怀疑、失望，又期望、又失望……现在他终于明白了，回避政治上的

冼星海（左）和田汉

答案而只单纯地作抗战宣传工作，实际上是行不通的。于是他决定离开政治部，离开这个环境，去一个能给他充分创作自由，充分发挥自己才能的地方去。

那么到哪里去呢？

"去延安吧，那里是全中国唯一圣洁、唯一自由的地方。"朋友们说。

"但是，延安是否合我的理想呢？延安真的像有些描述的那么好吗？"冼星海暗自思量。

就在冼星海苦闷、彷徨、犹豫不决的时候，他收到了来自延安鲁艺学院全体师生签名的热情洋溢的聘请信。接着他又收到鲁艺学院的两次电报，于是冼星海抱着试探的心里，踏上了北去的列车……

冼星海谈救亡歌曲

——中华民族现今的处境，正在一个挣扎期间。救亡歌曲是为了需要而产生的时代性艺术，它的呼声愈强大，影响也就愈大；它就是我们民族的唯一精神安慰者，更可以说是我们的国魂。所以一个被压迫的民族少不了救亡的歌声。

——同胞们：这是我们争自由的日子！我们要利用救亡音乐像一件锐利的武器一样在斗争中完成民族解放的伟大任务。

——乐队最强的时候是用大鼓，将来若有需要，大鼓不够了，可以用大炮！总之不要受乐器的限制。

——我是一个音乐工作者，我愿意承担起音乐在抗战中的伟大任务，希望用宏亮的歌声震动那被压迫的民族，慰藉那负伤的英勇战士，团结起那一切苦难的人们。

——这种雄亮的救亡歌声为中国几千年来所没有，而群众能受它的激荡更加坚决地抵抗和团结，是中国历史上少见的一件音乐史迹。

冼星海创作的救亡歌曲

抗战期间，冼星海为进步电影《复活》、《雷雨》、《大日出》、《夜半歌声》等配曲，并创作出400余首救亡歌曲，包括强劲有力的《战歌》、沉痛悲壮的《流民三千万》，以及《祖国的孩子们》、《保卫大武汉》、《保卫卢沟桥》等等，其中《到敌人后方去》、《在太行山上》、《游击军》等歌曲，响彻神州大地。这一阶段是冼星海的创作高峰，经过多年的积蓄力量，冼星海乐思如潮，创作灵感不断涌现。

冼星海轶事

——冼星海于1918年从新加坡回国，因交不起学费而入广州的岭南大学基督教青年会所办的义学，参加了学校的管乐队。此时，他已经表现出音乐方面的天赋，擅长吹奏单簧管（也称黑管，民间称"洋箫"），故有"南国箫手"的美誉。

——1929年，冼星海来到素有世界音乐文化中心的法国巴黎学习音乐。他靠在餐馆当跑

堂、做理发店杂役等维持生活，在塞纳河畔梧桐树下几次晕倒，险些被法国警察送进陈尸所。

——冼星海于1935年从巴黎回国后，参加了上海学联到郊区救亡宣传的活动。国民党当局派保安队到现场阻止学生，对峙时剑拔弩张。这时，青年诗人塞克把自己写的一首诗交给冼星海。冼星海怀着满腔激愤，朗诵了两遍，倚墙只用了5分钟就写出曲谱——"枪口朝外／齐步前进／不伤老百姓／不打自己人／……"这首《救国军歌》当场在学生中唱响，随后在场的老百姓甚至连保安队的士兵也跟着唱，很多人边唱边流泪。

——1937年秋，在东三省沉沦之际，冼星海创作了《我们要抵抗》。这是他创作的第一首抗战歌曲，并迅速传遍大江南北。而后，他创作的《战歌》更是打破了百代唱片公司的销售纪录。

——在延安的艰苦条件下，党中央决定每月给冼星海15元津贴，而当时朱德总司令每月津贴才只有5元。另外，鲁艺的助教有6元，教员有12元。冼星海每星期能吃两次肉，两次大米饭，每餐多加一个汤。这些都体现了党组织对特殊人才的尊重。

佳偶天成

抗战期间，冼星海认识了武汉的文艺骨干钱韵玲，两人很快坠入爱河。然而，这时的冼星海并不知道，这个19岁的小学音乐老师，是著名左翼学者、共产党员钱亦石的女儿。1938年7月20日晚上，冼星海和钱韵玲在武汉宣布订婚，爱国将领陈铭枢，剧作家田汉、安娥等都到现场为这对佳偶送上了祝福，同年10月，冼、钱二人在西安结婚，并决定同赴革命圣地——延安。

冼星海写给母亲的告别信

亲爱的妈妈，我是在上海开火后第五天离开那素称安逸的上海的，我并不是忘记了你伟大的慈爱，我更不是忍心来抛弃你，去走千万里的路程，可是我明白自己的责任。我是一个音乐工作者，我愿意承担起音乐在抗战中的伟大任务，希望用宏亮的歌声震动那被压迫的民族，慰藉那负伤的英勇战士，团结起那一切苦难的人们……

我不时在妈妈面前说过，我不是一个自私自利、自高自大的音乐家，我要做个生在社会当中的救亡伙伴……

再见了，孩子在征途中永远祝福着您！

艺术上的再生

1938年10月，在八路军办事处的帮助下，冼星海扮做侨商，躲过敌人的盘查，越过封锁线，终于到达了革命圣地——延安。

一进入延安，冼星海顿时被这座古城壮美的景象所吸引住了。碧蓝蓝的天，金灿灿的地，一排排整齐的窑洞和那伴着清粼粼的延河水的青年们的欢歌笑语……所有这一切都给了星海一种生机勃勃的感觉。几天来的观察，使冼星海来时的全部疑虑渐渐地消失了。童年的困苦，求学的艰难，在国外所受的侮辱、

为抗战发出怒吼

欺凌，中华民族遭遇的深重灾难，国民党反动派的残酷、腐败、昏庸……所有的一切同眼前的生活形成多么强烈的对比呀！他觉得有生以来自己第一次呼吸到这样新鲜的空气，第一次体尝到革命大家庭的温暖。他现在明白了，为什么敌人千方百计的阻挠、破坏、威逼、恐吓都动摇不了那些热血青年奔赴延安追求真理

冼星海在大冶钢厂指挥冶钢歌咏队唱《起重匠》。

1937年，冼星海在开封车站指挥欢送的群众唱救亡歌曲。

的决心。

冼星海俨然像换了一个人似的，他把对党、对人民、对革命事业的深切热爱完全倾注在不知疲倦的工作中。白天他给学生上课，也和同学们一起上山开荒。傍晚，他经常手提马灯、翻山越岭，步行十余里，到延安各处去教歌。深夜回来后仍不肯休息，常常坐在如豆的油灯下，面对窑洞沙沙作响的纸窗，或者从事创作、或者编写教材。

冼星海热爱八路军战士，战士们也敬重他，爱戴他。在抗大的校园，在延安机场的路旁，人们常可看

——为抗战发出怒吼

人民音乐家冼星海

抗战胜利纪念碑

到，冼星海被一大群十几岁的八路军的小同志围着，要他教歌，请他讲解乐理。冼星海席地而坐，用树枝或手指在地下边画边讲，谈笑风生。他为群众当先生，但又是群众最恭敬的学生，他的作品写完以后，都亲自唱给周围的群众听，征求他们的意见，凡他们觉得不顺口，他都重新改过，直到他们认为满意为止。冼星海对同志热情亲切、坦率诚恳，没有任何所谓艺术家的架子，使你感到他是普通群众中的一员。他在给母亲的信中说："我不是一个自私自利、自高自大的音乐家，

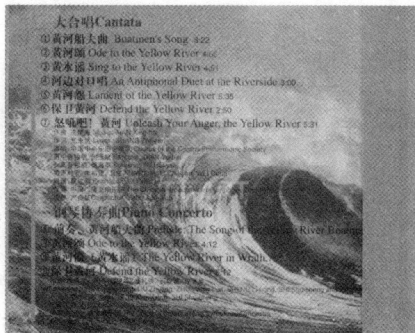

我要站在民众当中，永远向社会的底层学习。"

  延安的生活，促使冼星海的创作焕发出更加充沛的激情。这一时期，是冼星海的创作最旺盛的时期。他的乐思如泉涌，有时饭吃到一半，突然来了灵感，就立刻放下碗筷，写下这段旋律。短短的一年半时间里，他写了《黄河大合唱》、《生产大合唱》、《九一八大合唱》等四部大合唱，两部歌剧，近百首歌曲，还有许多理论文章和课堂教材。他在延安创作的音乐，感情更加饱满，思想更加深刻，旋律更加亲切，形式也更加丰富、多样，更有创造性，而且更加群众化。冼星海对于欧洲音乐技巧懂得很多，对我国民间的歌曲、音乐也有较深入的学习研究。他以不懈的努力把

——人民音乐家冼星海

为抗战发出怒吼

这二者结合起来，表现了当代中国人民的思想感情，创作了具有崭新的民族风格和中国气派的新音乐。

延安是一座革命的大学校。延安青年高昂的革命斗志，热烈的学习空气，给了冼星海很深的影响。他如饥似渴地阅读马列主义理论。买不到书，就四处借阅。他在自己的书上圈圈点点，写满了题注、感想。他学习马列主义毛泽东思想绝不是为了装饰，更不是用来吓人，而是非常自觉地用它改造思想，指导创作实践。在法国他就曾尝试用音乐表现祖国的苦难，回国后参加了实际斗争，谱写了大量的表现劳苦大众呼声的抗日救亡歌曲，但他总觉得在吸收劳动者的思想情感融入作品时，显得表面化。现在，他才真正从理论上认清了工人阶级的本质。懂得了工人阶级因为受

延安宝塔山

压迫最深，所以革命性最强，他们是革命的领导阶级，他们是未来世界的主人。他在一篇文章中说：大众化的音乐"必须代表大众的利益"，"必须服从政治"，必须"把音乐当做一种斗争的武器，大众拿它去打击敌人"，而不能仅仅做一个为艺术而艺术的音乐家。所以，冼星海这一时期的作品在创作上有了质的飞跃，思想上更加深刻，感情上更加真挚。他在给妻子钱韵玲的信中深刻地写道："假如你不弄通马列主义，你的艺术就是有限的。"

这一时期，冼星海彻底完成了世界观和人生观的转变。他确信中国共产党是民族的救星，只有毛主席的革命路线才能够救中国。党中央、毛主席的亲切关怀、教育，革命同志火热的感情给予他的温暖，延安生活的熏陶，马列主义理论的武装，实际斗争的锻炼，和工农大众的血肉联系……这一切促使冼星海在政治、思想、创作各方面都取得了快速的进步，他进一步确

为抗战发出怒吼
——人民音乐家冼星海

立了为工农创作音乐的艺术方向。为了民族解放，为
了建立新中国，为了更好地为祖国、人民贡献自己的
力量，冼星海郑重地向党递交了厚厚的9页纸的入党
申请书。他在申请书中这样写道："我要把自己献给
党，不顾一切，为党努力！"

1939年6月14日，冼星海光荣地加入了中国共产
党。多年的愿望，一生中最崇高的理想，终于实现，
他显得万分激动，他在日记中写道："今天就算我入党
的第一天，可以说生命上最光荣的一天……"

"不顾一切，为党努力！"冼星海用实际行动实现
了自己的诺言。

八路军办事处纪念馆

《黄河大合唱》

1939年初，冼星海的老搭档、诗人光未然来到延安，他带来了《黄河大合唱》的创作念头。听了光未然带着感情一口气朗诵出的四百多行《黄河吟》的长诗，冼星海非常兴奋。

1939年3月26日至31日，对冼星海来说是灵感喷发的六天。这短短的六天里，他三易其稿完成了《黄河大合唱》九个乐章的作曲。

据光未然回忆，当时的冼星海正患感冒，

指挥鲁艺合唱《典河大合唱》

——为抗战发出怒吼
——人民音乐家冼星海

他的妻子就找来一块木板搁在炕上，让他写作。"他一开始写作就不愿休息，偶尔斜躺在小床上抱头沉吟一下，忽地又起来振笔直书下去。他爱吃糖

黄河大合唱曲谱

果，当时延安买不着糖果，我和战友们就搞来两斤白糖送给他。白糖放在桌上，他写几句便抓一把送进嘴里，于是一转瞬间，糖水便转化为美妙的乐章了。"

1939年4月13日，抗敌演剧队第三队第一次在陕北公学大礼堂演出了《黄河大合唱》，观众上千人。当《怒吼吧，黄河》的尾音落下的一刹那，掌声、叫好声和抗日的口号声，如雷

鸣般从大礼堂后面涌向前台，观众沸腾了。

1939年5月11日，在延安庆祝"鲁艺"成立一周年的晚会上，冼星海穿着灰布军装和草鞋、打着绑腿指挥五百人合唱《黄河大合唱》，在场的毛泽东和其他中央首长连声叫好。毛泽东非常喜欢这部作品，并特意单独接见了冼星海，送给他一支派克钢笔和一瓶派克墨水，勉励他说："希望你为人民创作更多更好的音乐作品。"周恩来则为冼星海题词："为抗战发出怒吼，为大众谱出呼声！"

郭沫若评价《黄河大合唱》

郭沫若在《黄河大合唱》的序中写道："《黄河大合唱》是抗战中所产生的最成功的一个新型歌曲。音节雄壮而多变化，使原有富于情感的辞句，就像风暴中的浪涛一样，震撼人的心魄。"

《黄河大合唱》的五个版本

《黄河大合唱》有五个版本。

一个是"延安版本",是冼星海在延安用简谱写的。因为当时延安条件非常艰苦,要组成一个真正的管弦乐队是不可能的。当时只有几把小提琴,剩下的就是二胡、三弦、笛子、吉他、口琴之类的乐器,大多数人都不能识五线谱,所以就用简谱。

第二个版本是"苏联版本",是冼星海在苏联时期重新配器的一个版本,在主旋律及声部

冼星海和鲁艺合唱团女声部

上也作了一些调整。

第三个版本是"上海乐团版本"，就是李焕之1987年根据冼星海的"苏联版本"为上海乐团改编的一个版本。

第四个版本是"中央乐团版本"，是1975年严良堃等人根据冼星海的延安版本重新配器的版本。这个版本影响最大，传播最广。今天，大家能听到的就是这个版本。

第五个版本是钢琴伴奏版本。这个版本是由瞿维来编订的，主要是为演出方便而改编的。

发出人民大众的怒吼

当你站在黄土高原的高山之巅眺望黄河，它蜿蜒曲折，像一条神龙在云雾中翻转飞腾，一泻千里；而当你渐渐地靠近它时，夹杂着黄澄澄泥沙的河水，喧嚣着，沸腾着，震动着峡谷，然后，随心所欲地沿着地面穿行。它遇见土壤，便冲成深深的沟壑，它舒展着胸怀，浩荡而过，碰见岩，就进行撞击，搏斗，黄色巨流变成滔滔白浪，起伏的水纹也变成了急湍的漩涡。当你登上那三四丈长的大木船，在老艄公的紧张而又镇定的指挥下，大木船向滚滚奔腾的急流冲去，

船夫们激越、高亢的号子声与浪涛呼啸之声汇合成一股无比强大的声浪，显示出雷霆万钧之力、惊天动地之势。你听：

咳哟！划哟！划哟！划哟！

划哟！冲上前！

划哟！冲上前！咳哟！

乌云哪，遮满天！

波涛哪，高如山！

冷风哪，扑上脸！

浪花哪，打进船！

咳哟！划哟！划哟！划哟！

划哟！冲上前！

划哟！冲上前！

这歌声多么雄浑、激昂，它是黄河上船工们的号子，它和黄河的激流一样奔腾而至……这种惊天动地的劳动者呼声振动了整个剧场，粗犷、豪放，好像山洪爆发、万马奔腾一样，不可遏止。但这决不是自然力

延安中央大礼堂

量的单纯摹仿，这是音乐，这是蓬勃展开的节奏，这是激荡昂扬的律动。它仿佛有一种奇妙的力量，一下子征服了听众的情绪，把他们带到了战火纷飞的抗日战场……

这是1939年5月11日，庆祝鲁艺成立一周年晚会上的情景。当时我们伟大的领袖毛主席亲自听了冼星海作曲并指挥的《黄河大合唱》。毛主席坐在群众中间，微笑着，随着歌曲的节拍鼓着掌，显得非常激动，歌声一落，毛主席高兴地连声说："好！好！"冼星海当时也感动得热泪盈眶，那一夜，他久久不能入睡，他在当晚的日记中记下了这次成功的演出，并写道："我将永不忘记今天晚上的情形。"同年7月，周恩来副主席回到了延安，当他看完了《黄河大合唱》的演出之后，也非常激动，当即亲笔为冼星海题了词："为抗战发出怒吼，为大众谱出呼声！"

1939年3月的一天，冼星海在一次诗歌朗诵会上听到了诗人光未然的《黄河大合唱》的歌词，激发出他长期蕴藏在心中的乐思。抗日战场上八路军游击健儿奋勇杀敌的情景，滚滚黄河汹涌澎湃的场面，以及船夫们顽强搏斗的身影都浮现在眼前。他一把将歌词抓在手中，说："我有把握把它写好！"回到家后，冼星海立即投入了创作之中。早春的延安夜是很冷的，但冼星海的创作热情却比火焰还要炽热！夜深人静时，

冼星海在延安参加劳动

——为抗战发出怒吼

——人民音乐家冼星海

炭火熄了，窑洞里非常冷，但冼星海的激情丝毫没有减弱。他把自己多年来对祖国命运的关注、对民族灾难的忧忿、对革命战争的颂扬、对抗战胜利的信心全部倾诉在这部音乐作品之中。由于思想认识的提高，长期生活的积累和废寝忘食的劳作，仅仅六天的时间，这部气势磅礴，震撼人心的《黄河大合唱》的初稿就创作成功了！它以满腔的热情生动描绘了党和毛主席领导下抗日军民的游击战争，歌唱了"万山丛中"，"青纱帐里"的游击战士，歌唱了"在黄河两岸……星罗棋布，散布在敌人后方"的游击兵团、野战兵团，歌唱了我国抗日军民乘风破浪的雄姿，歌唱了我们中华民族反抗侵略、坚强不屈的英雄气概，歌唱了以延安为中心的"新中国已经破晓"，并且"向着全中国受

苦受难的人民，向着全世界劳动的人民，发出战斗的警号"。这一切经过作曲家音乐形象的再创造和音乐艺术上光芒四射的渲染，赋予了强大的艺术生命力。

《黄河大合唱》是冼星海在延安时期创作的最成功的作品之一。它无论在思想上还是艺术上，都堪称是不朽之作。作品以饱满的激情，磅礴之势，热情讴歌了中国共产党领导下的伟大的抗日民族解放战争，和中国人民勇敢、顽强、不畏强暴的民族气节。它一诞生就立刻轰动了延安，传遍了整个中国，成为中国音乐史上最辉煌的乐章。中国人民被欺辱，被压迫、被蹂躏的时代虽然永远一去不复返了，但这部催人奋起的伟大作品却永远激励着人们在新的形势下不断前进。

1945年10月30日，年仅40岁的冼星海在远离祖国亲人的异国他乡——苏联与世长辞了。长期艰苦的流浪生活，废寝忘食的创作终于夺走了他顽强的生命。这个为理想而奋斗一生，为人民而鞠躬尽瘁的伟大音乐家，还没能来得及看到革命的胜利就过早地离开了人世。当他逝世的消息传到了祖国，全国人民顿时悲痛万分，伟大的领袖毛主席亲笔为他写了挽联"为人民的音乐家冼星海同志致哀！"

　　冼星海的一生历尽了沧桑，童年时代他受尽了生活的磨难，为了音乐，他远渡重洋到了巴黎，靠做各种杂役来维持半饥半饱的生活，在艰难和屈辱之中，凭着顽强的毅力完成了学业。当时正值民族危亡之际，他放弃了在巴黎过优裕生活的可能，毅然投入了祖国的怀抱。回国后他不顾国民党反动派的种种阻挠、威逼利诱，将个人的一切置之度外，奋不顾身地投入到党领导下的抗日民主救亡运动之中，他用那铿锵有利、激情荡漾的

为抗战发出怒吼

歌曲，团结、激励起无数的中华英雄儿女加入了拯救民族危亡的斗争行列。他用自己奋斗的一生不折不扣地实践了他的誓言："为伟大的中华民族不懈地奋斗……直到离开世界。"冼星海无疑是我国新音乐艺术的伟大先驱，卓越的作曲家，人民的艺术家。他无愧于那个时代，无愧于祖国和人民。今天，他虽然离开我们已有六十多年了，但他的歌曲却永远活在人民的心中，他博大的胸怀和雄伟的魂魄永垂千古！

冼星海（左前二）和同志们在一起

冼星海谈延安

——延安这个名字,我是在"八一三"国共合作后才知道。但当时并未留意。到武汉后,常见到"抗大"、"陕公"招生的广告,又见到一些延安来的青年。但那时与其说我注意延安,倒不如说我注意他们的刻苦、朝气和热情。正当我打听延安的时候,延安的鲁迅艺术学院寄来一封信,音乐系全体师生签名聘我。我问了

八路军的军装、草鞋。

些相识，问是否有给我安心自由的创作环境，他们回答是有的。我又问，进了延安能否再出来？他们回答说是完全自由的！我正在考虑去与不去的时候，鲁迅艺术学院又来了两封电报，我就抱着试探的心，起程北行。我想如果不合意时再出来。

——一早起床，除了每天三顿饭的时间，以及晚饭后二小时的自由活动，其余都是工作和学习。我到的时候和以后，学习的空气很高。他们似乎都很忙，各人的事情好像总做不完。我住在窑洞里，同事同学常常来看我，我也到他们的窑洞里去。他们窑里布置得很简单，一张桌子，一铺床，几本或几十本书和纸张笔墨之类，墙上挂些木刻或从报章剪下来的图照，此外就没什么了。大家穿着棉布军装，留了发却不梳不理。

——他们分给我一个窑洞居住。以前我以为"窑洞"又脏又局促，空气不好，光线不够，也许就像城市贫民的地窖，但是事实全不然，空气充足，光线很够，很像个洋房，不同的只是，天花板是穹形的。后来我更知道它有冬暖夏凉的好处。

——我住的地方是一条小溪流入一条河的山沟边。春天冰雪融化了，河水、溪水浓重地、磅礴地向东奔流。在柳树枝头抹着苔绿的包围里，礼堂——从前是个教堂的塔尖插入明秀的天空，引起我异国的回忆。

冼星海的名言

——我有我的人格、良心，不是钱能买的。我的音乐，要献给祖国，献给劳动人民大众，为挽救民族危机服务。

——每个人在他生活中都经历过不幸和痛苦。有些人在苦难中只想到自己，他就悲观、消极，发出绝望的哀号；有些人在苦难中还想到别人，想到集体，想到祖先和子孙，想到祖国和全人类，他就得到乐观和自信。

——中华民族的解放胜利，就是要每一个国民贡献他纯洁的爱国之心。

前排中为冼星海

冼星海的作品

在冼星海短暂而光辉的一生中,他共创作了歌曲数百首(现存250余首),大合唱4部、歌剧1部、交响曲2部、管弦乐组曲4部、狂想曲1部以及小提琴、钢琴等器乐独奏、重奏曲多首。

在冼星海的创作中,数量最多、影响最广的是多种多样的群众歌曲,冼星海在这些歌曲中根据不同内容,创作出具有不同个性特征的音乐形象,体现了革命人民丰富的内心世界。如《拓荒歌》、《牺盟大合唱》、《小孤女》、《心头恨》、《杨柳枝词》、《夜半歌声》、《在太行山上》、《战时催眠曲》、《只怕不抵抗》、《祖国的孩子们》、《做棉衣》、《热血》、《青年进行曲》、《怒吼吧,黄河》、《牧歌》、《民族解放》、《茫茫的西伯利亚》、《路是我们开》、《梁红玉》、《九一八大合唱》、《江南三月》、《黄河之恋》、《黄河》、《妇女进行曲》、《反攻》、《到敌人后方去》、《打倒汪精卫》、《别情》、《保卫黄河》、《"三八"妇女节》、《"满洲"囚徒进行曲》、《保卫卢沟桥》、《拉犁歌》、《二月里来》、《救国军歌》、《莫提起》、《赞美新中国》、《谁来跟我玩》、《游击军歌》、《生产大合唱》、《追悼歌》、《顶硬上》等等。

此外，冼星海发表过20余篇音乐论文和编写过一些音乐教材。他在去延安之前发表的

到敌人后方去

冼星海曲

《救亡音乐在抗战中的任务》（1937）、《救亡歌咏运动和新音乐的前途》（1938）、《聂耳，中国新兴音乐的创造者》等短文中，着重总结了抗日救亡歌咏运动的经验，论述了以聂耳为代表的新兴音乐的方向和发展前景。到延安后陆续发表了《论中国音乐的民族形式》（1939）、《民歌与中国新兴音乐》（1940）、《现阶段中国新音乐运动的几个问题》（1940）等论文，并在1940年1月举行的陕甘宁边区文化协会代表大会上作了《边区的音乐运动》的报告。

广州岭南大学（今中山大学）

在他的这些作品中，《黄河大合唱》无疑是冼星海最重要的、影响最大的代表作。这部不朽的音乐巨作，以黄河为背景，热情歌颂中华民族源远流长的光荣历史和中国人民坚强不屈的斗争精神，痛诉侵略者的残暴和人民遭受的深重灾难，广阔地展现了抗日战争的壮丽图景，并向全中国全世界发出了民族解放的战斗警号，从而塑造起中华民族巨人般的英雄形象。《黄河大合唱》在抗战烽火的洗礼下是中华儿女爱国救亡的号角，在和平年代它依然是中华民族傲人的艺术财富。

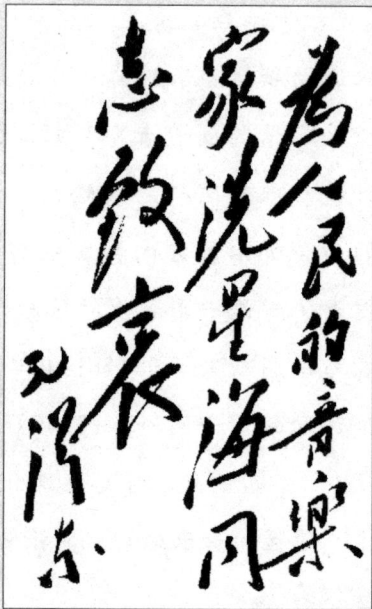

临终仍创作

1940年5月，冼星海接受中共中央的任务，化名"黄训"奔赴莫斯科为大型纪录片《延安与八路军》进行后期制作与配乐。临行前，毛泽东在家中请他吃饭并饯行。翌年，苏德战争爆发，影片制作停顿，冼星海想取道蒙古共和国回国，由于在边境受阻而迫滞蒙古。1942年11月，冼星海被迫转到苏联哈萨克共和国首府阿拉木图。

在供应十分困难的战时条件下，冼星海"没有一天停下手里的笔"，他相继完成了《民族解放交响乐》(即《第一交响乐》)、《神圣之战》(即《第二交响乐》)、管弦乐组曲《满江红》、交响诗《阿曼该尔达》和以中国古诗为题材的独唱歌曲。因长期劳累与营养不良，冼星海患上了肺病并日益严重。1944年底，病重的冼星海被送到莫斯科治疗，在病榻上他完成了最后一部作品——管弦乐《中国狂想曲》的创作。

1945 年 10 月 30 日，冼星海因病在莫斯科的克里姆林宫医院病逝，年仅 40 岁。噩耗传到延安，各界人士为他举行了隆重的追悼会，毛泽东亲笔题词"为人民的音乐家冼星海同志致

冼星海用过的小提琴

哀"。冼星海的骨灰被安葬在莫斯科近郊顿斯科伊教堂的公墓里，在骨灰盒的上面镶嵌着冼星海的椭圆形照片，下面刻着金色的俄文："中国作曲家、爱国主义者、共产党员：黄训。"

1983 年 11 月，苏中友好协会应冼星海家属的请求将骨灰移交中国，在异乡流浪四十余年的游子终于魂归故土，他的骨灰被安葬于他的原籍番禺县城。1995 年，冼星海的骨灰被移至广州白云山下麓湖星海园中。

冼星海大事年表

1905 年 6 月 13 日：出生于一艘停靠在澳门港的渔船上。

1912 年：随母亲到新加坡。

1918 年：入广州的岭南大学基督教青年会所办的义学学习。

1926 年：考入北京大学音乐传习所，选修小提琴。

1928 年：入上海国立音乐专科学校，学习小提琴、钢琴。在此期间，发表《普遍的音乐》等音乐评论。

1929 年：克服重重困难到法国巴黎学习音乐。

1931 年：考入巴黎音乐院的"杜卡斯作曲大师班"。

1935 年：回到

延安枣园

上海，积极投入抗战歌曲创作和救亡音乐活动，创作大量群众歌曲。

　　1937年：参加上海话剧界救亡协会战时移动演剧二队，进行抗日宣传工作。

　　1938年：在西安与钱韵玲结婚，同年11月，到达西安，在鲁迅艺术学院音乐系任教。

　　1939年：与光未然一起创作了《黄河大合唱》。同年6月14日，加入中国共产党。8月5日，女儿冼妮娜在延安出生。

　　1940年：为完成大型纪录片《延安与八路

军》的配乐工作赴苏联，化名"黄训"。

1941年：苏德战争爆发，赴蒙古人民共和国乌兰巴托，化名"孔宇"。

1942年：重返苏联，转到苏联哈萨克共和国首府阿拉木图。

1944年：病情严重，被送到莫斯科治疗。

1945年10月30日：病逝于莫斯科克里姆林宫医院，年仅40岁。

阿拉木图的冼星海纪念碑

中华魂·百部爱国故事丛书
提　要

《誓与禁烟相始终——民族英雄林则徐》

林则徐严禁鸦片，坚决抵抗西方列强的侵略，坚持维护国家主权和民族利益。他是中国近代历史上第一位睁眼看世界的人，是抗击帝国主义殖民侵略的第一人，是中华民族抵御外侮过程中伟大的民族英雄。

《血洒虎门御敌寇——抗英将军关天培》

民族英雄关天培，在第一次鸦片战争中为了抗击英国侵略者的入侵而血洒虎门，为国捐躯，谱写了一曲可歌可泣的英雄赞歌。关天培用他的生命，书写了中国人民反抗外侮的历史。

《威震镇海靖节魂——抗敌英雄裕谦》

在第一次鸦片战争期间的众多牺牲者中，有一位官阶最高，他就是两江总督裕谦。裕谦与外国侵略者斗争立场坚定，与国内妥协派、投降派斗争态度坚决。裕谦督战镇海，与英国侵略军浴血奋战，临危不惧，以身报国，浩气长存。

《斩邪留正解民悬——太平天国领袖洪秀全》

农民出身的洪秀全，从失意文人到起义领袖，经历了长期的思想演变过程，在外敌入侵、清朝政府腐朽的历史环境之下，顺应时代的潮流，成长为一位非凡的历史英雄人物，建立了与清朝政府相抗衡的农民政权——太平天国。

《仰承汉唐　荟萃中外——近代数学家李善兰》

李善兰是我国19世纪重要的科学家之一，在数学、天文学、力学等方面都有重大建树。他继承了我国古代数学的成就，又以极大的热情传播西方科学文化，"仰承汉唐，荟萃中外"，把自己的一生献给了科学事业。

《严谨治学　勇于探索——近代著名数学家华蘅芳》

华蘅芳，中国近代数学家之一。其精通中国古算学，并熟练掌握西方近代数学，是中国验证抛物线并著书立说的参与者。为了证明"外国有的，中国也能造"而鞠躬尽瘁，在引进西方科学技术、传播科学知识上贡献卓著。

《折冲樽俎护山河——近代著名外交家曾纪泽》

曾纪泽是中国近代史上著名的爱国外交家，在中俄伊犁交涉事件中，他秉承抵抗列强、保卫国家的坚定意志，利用外交手段全力同沙俄抗争，捍卫了国家主权、民族尊严，收回了祖国的领土，在近代中国外交史上留下了光辉的一页。

《甲午海战留英名——民族英雄邓世昌》

邓世昌，北洋水师名将。本书以邓世昌的成长过程为线索，以代表性的历史故事为主要内容，还原真实的历史事件，突出鲜明的人物性格。邓世昌因在中日甲午海战中突出的英雄气概而名垂史册，书写了伟大的爱国主义篇章。

《誓与舰队共存亡——北洋水师提督丁汝昌》

丁汝昌处在清朝政府的腐朽和李鸿章的专断下，难以施展爱国的抱负，壮志未酬，愤恨而终。但丁汝昌为建立近代海军作出的巨大贡献，带领北洋舰队爱国官兵勇抗强敌的英雄事迹，将永远为后代所传颂。

《镇南关上凯歌扬——抗法老英雄冯子材》

1885年中法战争中，年逾古稀的冯子材为抵御外国侵略，勇赴国

为抗战发出怒吼

难，大败法军于镇南关，并乘胜追击，接连收复文渊、谅山等地，从根本上扭转了中法战争的局面，成为近代民族英雄的杰出代表。

《屡败法军逞英豪——黑旗军将领刘永福》

刘永福是黑旗军的创建者，是农民出身的杰出军事家、政治活动家。在19世纪发生的援越抗法、中法战争中，他率部与帝国主义侵略者进行了殊死的战斗，建立了卓越的功勋，成为我国近代史上著名的民族英雄，为后世所景仰。

《矢志变法强国家——戊戌变法领袖康有为》

康有为是清末民初最有影响力的思想家之一。他领导了中国知识界的启蒙运动，掀起了一场自上而下的政体改革。他最早在中国提出了立宪政体和具体的宪政方案，主张在坚持儒家传统和帝制的前提下，学习西方经验，他的进步思想对近代中国具有深远的影响。

《开民智以报国 普新知而图强——戊戌变法思想家梁启超》

梁启超，中国近代史上著名的政治活动家、启蒙思想家、史学家、文学家，戊戌变法领袖之一。本书以百日维新思想家梁启超的成长过程为线索，以代表性的历史故事为主要内容，还原真实的历史事件，突出鲜明的人物性格。

《我自横刀向天笑——维新志士谭嗣同》

谭嗣同在民族危机的严重时刻，投身改革救中国的洪流。为了带给祖国一个光明的未来，紧要关头，他挺身而出，用自己的鲜血激励后人，把宝贵的生命献给了变法事业。

《睡乡敢遣警世钟——用生命警策国人的陈天华》

陈天华是民主革命的活动家和宣传家。他写的《猛回头》《警世钟》等书，起到了革命启蒙的重大作用。为了激发留日学生的爱国情怀，他不惜投海自杀，演出了近代史上感人至深的一幕，给后人留下了难忘的印象。

《革命军中马前卒——民主斗士邹容》

革命乃"至尊极高，独一无二，伟大绝伦之一目的"；它是"天演之公例，世界之公理，顺乎天而应乎人"的伟大行动。因此，必须"仗义群兴革命军"。他激情高呼："革命独子万岁！中华共和国万岁！"这就是《革命军》的作者，中国近代著名资产阶级革命宣传家邹容。

《休言女子非英物——鉴湖女侠秋瑾》

为民族解放和妇女解放而英勇斗争的秋瑾，冲破封建礼教的思想牢笼，打碎封建精神枷锁，崇仰真理，追求光明，主张共和，坚持男女平等，最终献出了自己年轻的生命。

《血溅校场 杀身成仁——民主斗士徐锡麟》

本书讲述了反清志士徐锡麟弃文从武、投身反清革命事业，最终被清政府杀害的故事。出于对国家的热爱，徐锡麟献出自己的生命，他的事迹将永远激励后人深切缅怀这位民主革命的先驱。

《生可死耳 我志长存——献身民主的禹之谟》

禹之谟，民主革命党人，同盟会会员，近代资产阶级革命家、实业家。1886年，20岁的禹之谟"提三尺剑，挟一卷书"游历四方，研究西方社会政治学说，忧国忧民之心日趋强烈。戊戌变法失败，他丢掉改良幻想，倡革命救亡之说，走上民主革命道路。

《物竞天择 适者生存——资产阶级启蒙思想家严复》

严复是中国近代著名的启蒙思想家、翻译家和教育家。他长期从事教育和翻译事业，为近代中国人才培养和思想启蒙做出了重要贡献，同时他也为中国的翻译事业和中西思想文化交流做出了重要贡献。

《辛亥革命急先锋——资产阶级革命家黄兴》

黄兴，清末民初资产阶级革命家，中华民国开国元勋。黄兴在武昌首义及辛亥革命时期的爱国表现，与孙中山闻名于当时，常被时人以"孙黄"并称。本书以资产阶级革命活动实干家黄兴的成长过程为线索，歌颂了先辈伟大的爱国主义精神。

《矢志革命 百折不回——近代民主革命家廖仲恺》

廖仲恺追随孙中山踏上了创立民国与捍卫共和制的旧民主主义革命

之路；在新民主主义革命时期，他为建立、巩固首次国共合作和实施三大政策，英勇奋斗，为国殉职，洒尽了一腔热血。

《将军拔剑南天起——护国英雄蔡锷》

蔡锷是中国近代史上的杰出军事家、爱国者。他的一生短暂而伟大。辛亥革命爆发，他毅然投身于革命洪流之中，领导云南重九起义，对武昌起义积极响应。袁世凯窃国复辟、恢复帝制的阴谋暴露出来以后，他又毅然举起了武装讨袁的旗帜。

《反帝反封建运动——五四青年的爱国故事》

五四运动是一次伟大的反帝反封建的爱国运动；是一个伟大的历史转折点；是中国人民的斗争从挫折走向胜利的一个关节点，它为中国的前进开辟了一条全新的道路，拉开了中国新民主主义革命的序幕。

《思想自由　兼容并包——著名教育家蔡元培》

蔡元培是中国近现代著名的民主革命家和教育家，一生经历风雨，却始终信守爱国和民主的政治理念，致力于废除封建主义的教育制度，奠定了我国新式教育制度的基础，为我国教育、文化、科学事业的发展做出了富有开创性的贡献。

《为国家争光　为民族争气——中国铁路之父詹天佑》

詹天佑是我国最早的杰出铁道工程师，因主持建造京张铁路而闻名中外，被誉为"中国铁路之父"。他为祖国的铁路事业贡献了毕生的精力。本书向读者展示了詹天佑热爱祖国、科技兴国的辉煌人生。

《实业救国　衣被天下——轻工之父张謇》

张謇是爱国实业家、教育家。他年轻时中过状元。过了40岁，开始投身工商实业活动中，他的名言是"富民强国之本在于工"。在南通，创办大生丝厂、银行等各种实业。并将创办实业的大部分所得投入教育。他的观点是，教育和实业一样，也是"富强之大本"。

《心向革命　追求光明——平民将军冯玉祥》

冯玉祥将军"是一位从旧军人转变而成的坚定的民主主义战士"。

104

抗日战争期间，他辗转各地，用实际行动积极抗战。日本战败投降后，他为了断绝美国的援蒋内战，又在美国四处演说，揭露蒋介石统治之黑暗，痛斥美国阴谋分裂中国的不良行为。

《刑场上的婚礼——革命烈士周文雍　陈铁军》

周文雍是广州起义的主要领导人之一。陈铁军出身于华侨商人家庭，却毅然投身革命洪流。1928年1月，两人接受派遣，回到广州假扮夫妻从事革命斗争，却不幸被捕。临刑前，两位烈士将敌人的枪声当作自己婚礼的礼炮，用生命和爱情谱写出一曲千古绝唱。

《星星之火　可以燎原——井冈山斗争的故事》

1927—1929年，毛泽东、朱德等老一辈革命家，在井冈山创建了农村革命根据地，进行了艰苦卓绝的斗争，建立了新型革命武装，点燃了工农武装革命之火，找到了农村包围城市最后夺取政权的中国革命的正确道路。

《新民学会的主要发起人——中国共产党早期革命家蔡和森》

蔡和森青年时期曾与毛泽东等人一起组织进步团体新民学会，参加五四运动，并在赴法国勤工俭学时研读大量马克思主义著作，回国后以满腔热忱投身革命事业，成为中国共产党早期重要的理论家和宣传家。

《威震黄浦江畔　高奏抗日壮歌———·二八淞沪抗战》

面对日本侵略者的挑衅，十九路军在蒋光鼐、蔡廷锴的带领下，高举义旗，奋力一搏。一·二八淞沪抗战，是中国军人捍卫军人荣誉和祖国尊严所发出的吼声，谱写了一曲抗击日军侵略的英雄壮歌。

《将军恨不抗日死——慷慨就义的吉鸿昌》

在国难深重的20世纪30年代，吉鸿昌将军因拒绝执行国民党指示，坚决不打内战，被迫携眷出国"考察"。回国后，他加入中国共产党，组织了民众抗日同盟军，英勇打击日本侵略者，后于1934年11月被国民党反动派杀害。

——为抗战发出怒吼

——人民音乐家冼星海

《献身革命　甘于清贫——梅岭忠魂方志敏》

　　大革命失败后，方志敏凭着"两条半步枪"起家，身经百战，创建了赣东北革命根据地和红十军。本书真实记录了方志敏投身于革命、领导红军和敌人进行艰苦卓绝斗争的经历，歌颂了烈士贫贱不移、威武不屈、献身革命的高尚品质。

《奏响中华最强音——人民音乐家聂耳》

　　聂耳在他有限的生命中创作了数十首革命歌曲，在抗日救亡运动中，聂耳的这些歌曲产生了广泛深远的影响。他的音乐创作为中国无产阶级革命音乐的发展指明了方向，树立了榜样。

《横眉冷对千夫指——中国文化革命主将鲁迅》

　　鲁迅不但是伟大的文学家，而且是伟大的思想家和伟大的革命家。在那风雨如晦的黑暗年代里，他以笔为投枪，同一切帝国主义和反动派进行了顽强的战斗，为中国人民树立了一个不朽的丰碑。他是新文化战线上的一面光辉旗帜，是我们伟大民族的灵魂。

《铁流两万五千里——红军长征的故事》

　　红军长征是人类历史上的一次伟大的壮举。第五次反"围剿"失败后，中国工农红军的三大主力在极端艰难的条件下，突破国民党军队的围追堵截，进行了史无前例的战略大转移，总行程达两万五千里以上。途中发生了许多动人故事，至今令人难以忘怀。

《荣辱不移革命志——创建陕北红军的刘志丹》

　　刘志丹是杰出的无产阶级革命家、军事家，西北红军和西北革命根据地的主要创始人之一。他一生热爱人民，追求真理，英勇善战，百折不挠，艰苦奋斗，忠心赤胆，为创建红军和革命根据地、为中国人民的解放事业建立了不可磨灭的功勋。

《英名永存北平城——爱国将领佟麟阁　赵登禹》

　　1937年7月28日，日军向北平郊区发动进攻。第二十九军副军长佟麟阁奉命在南苑率部与日军苦战，腿部受伤，头部被敌机炸伤，壮烈殉国。第一三二师师长赵登禹指挥部队顽强抵抗日军，右臂中弹负伤，仍继续作战。后在转移途中遭日军截击而牺牲。

《八百壮士　四行仓库铸军魂——谢晋元和他的战友们》

八一三抗战，中国军人以血肉之躯揭开全面抗战的帷幕。这是一场血战，是中国军人不屈不挠的英雄诗篇，其中的八百壮士守四行，成为这首英雄颂歌中最动人、最凄美的音符。一曲四行保卫战，铸就了不屈的军魂。

《八女投江　气贯长虹——八位抗联女战士》

抗日战争时期，以冷云为首的东北抗日联军8名女战士，为捍卫民族尊严，面对凶残的日寇，镇定自若，宁死不屈，投江殉国，表现了中华民族同敌人血战到底的英雄气概。她们的光辉形象，激励着千千万万的后来人。

《艰苦抗战　威震敌胆——著名抗日英雄杨靖宇》

杨靖宇将军是我国著名的抗日民族英雄。曾先后担任磐石游击队政治委员、东北抗日联军第一军军长兼政委、抗日联军总司令等职。领导军民对日寇坚持了长达9个年头的艰苦卓绝的斗争，最终以身殉国。

《死也不当亡国奴——镜泊抗日英雄陈翰章》

陈翰章，从1932年8月投笔从戎，直到1940年12月8日为抗击日本侵略者，战死在镜泊湖畔。他在抗日疆场上奋战了九年，他那可歌可泣的英雄事迹将为人们永世传颂。

《名将殉国　气壮山河——抗日将军张自忠》

著名抗日将领、民族英雄张自忠，生于忧患的时代，抱有"宁为百夫长，胜作一书生"的志向，经历过失败与低谷，最终成就了慷慨人生。本书主要以人物活动为主，勾画出一个真正的"民族魂"鲜活的人生，会带给读者振奋的力量。

《宁死不辱战士名——狼牙山五壮士》

1941年日寇在河北易县"扫荡"。为掩护群众和主力部队撤退，五位八路军战士毅然把敌人引上了狼牙山棋盘坨峰顶绝路。弹尽粮绝、无路可退，五位英雄纵身跳下了万丈悬崖，用生命和鲜血谱写出一曲惊天地泣鬼神的壮举。

《太行浩气传千古——抗日名将左权》

左权，中国工农红军和八路军高级指挥员，著名军事家。是八路军在抗日战场上牺牲的最高指挥员。名将阵亡，太行山为之垂首，全党为之悲痛。周恩来称他"足以为党之模范"，朱德赞誉他是"中国军事界不可多得的人才"。

《虎将兴关外　抗倭统雄师——抗联英雄赵尚志》

本书描写了久经考验的共产党员、东北抗联的创建者和主要领导人赵尚志，在艰苦卓绝的条件下，坚持抗战，威震敌胆，战功卓著，忍辱负重，忠贞不屈，为国捐躯的英雄故事，为青少年读者呈上一部爱国主义的佳作。

《黄埔之英　民族之雄——抗日名将戴安澜》

抗日名将戴安澜，先后参加保定、漕河、台儿庄、武汉、昆仑关等战役，作战英勇，屡建奇功；入缅作战，"扬威国外、藉伸正义"；守东瓜，复棠吉；殒身缅北，遗恨丛林，马革裹尸，成就了光辉的一生。

《爱国志士　民主先锋——新闻出版家邹韬奋》

本书讲述了邹韬奋献身新闻出版事业的奋斗历程，展现了一位新闻工作者坚定的革命信念和炽热的爱国主义精神，全心全意为人民服务、为读者服务的奉献精神，歌颂了他的高尚情操和优良品质。

《为抗战发出怒吼——人民音乐家冼星海》

人民音乐家冼星海，青年时期在巴黎求学，饱尝屈辱与磨难；学成后毅然回到多灾多难的祖国，用满腔热忱谱写激昂的音乐，鼓舞中华儿女的斗志；奔赴延安，谱写出不朽的名作《黄河大合唱》，发出中华民族抗日救亡的怒吼。

《全民皆兵　抗击日寇——抗日战争的故事》

　　中国人民进行的十四年抗战，是一百多年来中国人民反对外敌入侵第一次取得完全胜利的民族解放战争。这场战争是以国共两党合作为基础，有社会各界、各族人民、各民主党派、抗日团体、社会各阶层爱国人士和海外侨胞广泛参加的全民族抗战。

《捧着一颗心来　不带半根草去——人民教育家陶行知》

　　陶行知是我国现代教育史上伟大的人民教育家、教育思想家。他从青年起就立志献身教育事业，以"捧着一颗心来，不带半根草去"的赤子之心，为人民的教育事业鞠躬尽瘁。

《为民主与和平拍案而起——民主斗士闻一多》

　　闻一多早年与梁实秋等人发起成立清华文学社。赴美留学期间由对祖国的深深眷恋而创作著名的《七子之歌》。后在西南联大任教8年，积极投身于抗日运动和争取民主的斗争，发表了著名的《最后一次讲演》。

《铁窗难锁钢铁心——革命先烈王若飞》

　　王若飞是我党早期杰出的无产阶级革命家。在艰苦卓绝的斗争中，他出生入死，屡建奇功，以超人的睿智和胆略，在敌人的监狱中，同敌人展开了殊死的较量，为抗战的胜利和新中国的诞生做出了卓越的贡献。

《横扫千军　还我河山——抗联名将李兆麟》

　　李兆麟是东北抗日联军创建人之一，他率领抗日联军历尽千难万险与日本侵略者浴血奋战，在极其艰苦的条件下，保存了抗日联军的有生力量，为东北光复做出了重大贡献。

《锄头开出新天地——解放区大生产运动》

　　为了解决困难，渡过难关，党中央号召党政军民齐动手，开展大生产运动。中国共产党在其控制区域内发动的一场军队屯田和鼓励生产的群众运动，达到了自己动手丰衣足食，共度难关，既进行革命又进行生产自足的目的。

《生的伟大　死的光荣——女英雄刘胡兰》

刘胡兰，坚贞不屈的少年女英雄。生前对我国劳动人民的解放事业无限忠诚，在敌人威胁面前，大义凛然，毫无惧色，英勇牺牲，表现了共产党员的高贵品质。

《饿死不领美国救济粮——爱国知识分子的楷模朱自清》

朱自清作为爱国知识分子的典型，以锐利的笔锋直言痛斥反动政府的暴行，体现了他崇高的爱国情怀和不畏恶势力的精神品格。毛泽东曾给朱自清先生以高度评价："一身重病，宁可饿死，不领美国的'救济粮'"，"表现了我们民族的英雄气概"。

《为了新中国前进——舍身炸碉堡的董存瑞》

伟大的英雄，中国人民的儿子董存瑞，从儿童团长成长为一名光荣的解放军战士，在1948年解放隆化县城时，舍身炸碉堡，为新中国献出了自己年轻的生命。他的英雄形象永远留在人民心里。

《宁死不屈的共产党员——革命烈士江竹筠》

江竹筠，就是著名的江姐。1947年春，她负责《挺进报》工作，只几个月的时间，报纸就发行到1600多份，引起了敌人的极大恐慌。由于叛徒出卖，江姐不幸被捕，惨遭毒刑的残酷折磨，仍坚贞不屈。最后被特务秘密枪杀，年仅29岁。

《抗美援朝　保家卫国——志愿军的战斗故事》

抗美援朝战争是中国人民志愿军为援助朝鲜人民、保卫祖国安全，与美国为首的"联合国军"发生的战争。在朝鲜牺牲的志愿军烈士们，他们英勇的战斗事迹、保家卫国的精神值得我们发扬光大。

《上甘岭上壮烈歌——黄继光和他的战友们》

在1952年10月的上甘岭战役中，黄继光和他的战友们在零号阵地半山腰被敌机枪火力点压制，此时，黄继光身上已经多处负伤，手雷也已全部用光。为了完成任务，减少战友的伤亡，他用自己的胸膛堵住正在扫射的敌机枪射孔，为反击部队扫清了前进的道路。

《诗书印画　全入神品——国画大师齐白石》

齐白石出身贫寒，做过农活，当过木匠，后改学雕花木工，从民间画工入手，摹古人真迹，学诗文书法，融汇古今，而诗、书、印、画俱佳；他将中国画的精神与时代的精神统一得完美无瑕，使中国画得到国际的重视，无愧于"国画大师"的称号。

《毕生为文化而奋斗——中国第一出版家张元济》

张元济参与、主持和督导商务印书馆近六十年，使其从简单的印刷企业转变为当时中国教育出版的旗帜。张元济一生爱书，在中华大地动荡不安的年代里，他用自己对文化的热爱，续存着中华民族灿烂悠久的文明之光。

《独树一帜　梨园大师——著名京剧表演艺术家梅兰芳》

梅兰芳，京剧大师，演唱风格独树一帜，世称"梅派"。曾先后赴日本、美国、苏联演出，并荣获美国波摩那学院和南加州大学的荣誉文学博士学位。作为一位爱国者，抗战期间蓄须明志，拒绝为日本人演出，为后世称颂。

《华侨旗帜　民族光辉——爱国侨领陈嘉庚》

陈嘉庚是著名的爱国华侨领袖、企业家、教育家、慈善家、社会活动家。他为辛亥革命、民族教育、抗日战争、解放战争、新中国的建设做出了卓越的贡献。生前被毛泽东誉为"华侨旗帜、民族光辉"。

《向雷锋同志学习——伟大的共产主义战士雷锋》

雷锋，一个平凡而伟大的共产主义战士，一心向着党，一生秉承着全心全意为人民服务、无私奉献的崇高思想；发扬刻苦学习和钻研理论的"钉子"精神；坚持勤俭节约、艰苦奋斗的优良作风。毛泽东为其题词："向雷锋同志学习。"

《人民的好公仆——县委书记的好榜样焦裕禄》

焦裕禄，被誉为县委书记的好榜样。他用自己的革命精神，展开了与大自然、与社会落后现象、与病魔的多重抗争，让我们领略到一

——人民音乐家冼星海

为抗战发出怒吼

个共产党人的生之伟大、死之壮美的人格品质和具有现实教育意义的精神魅力。

《文学巨匠　京味大师——人民作家老舍》

老舍是我国现代小说家、文学家、戏剧家。他用融入骨髓的真诚文字反映生活的喜怒哀乐。老舍的一生，总是在忘我地工作，他是文艺界当之无愧的"劳动模范"，生前被北京市人民政府授予"人民艺术家"的称号。

《革命老人——无产阶级教育家徐特立》

徐特立是一代伟人毛泽东的老师。他出生在贫苦家庭，大部分时间生活在动荡艰苦的年代；他刻苦勤奋，不畏艰辛，追求光明，一生勤俭，为革命培养了大量的人才；他对党和人民任劳任怨，鞠躬尽瘁。他坎坷奋斗的一生，留下了许多可歌可泣的故事。

《人生能有几回搏——新中国第一个世界冠军容国团》

容国团先后担任中国乒乓球队运动员、女队主教练。获得1959年男子单打世界冠军；1961年夺得男子团体世界冠军；作为中国女队主教练，1965年率女队第一次夺得女子团体世界冠军。他的"人生能有几回搏"的豪言，举国传诵。

《石油工人一声吼　地球也要抖三抖——铁人王进喜》

王进喜，新中国第一批石油钻探工人。他为祖国石油工业的发展和社会主义建设立下了不朽的功勋，在创造了巨大物质财富的同时，还给我们留下了宝贵的精神财富——铁人精神。他被评为"百年中国十大人物"，写入中华民族的光辉史册。

《做人民需要我做的事——著名地质学家李四光》

李四光是一位伟大的科学家，他一生从事地质学研究工作，足迹遍布祖国的山川，为祖国探明了许多地下宝藏；他创建了崭新的学说——地质力学；他历尽重重困难，为正确认识地质构造开辟了一条新路。

《中国化学工业的先驱——著名化学家侯德榜》

为摆脱纯碱需要进口的窘况，20世纪初，怀着"实业救国"梦想的中国化工先驱侯德榜等人创办了永利碱厂，并立志生产出中国人自己的碱。1926年，永利碱厂终于成功地生产出"红三角"牌纯碱，从此中国制碱业得以跨入世界先进行列。

《毕生求是　一丝不苟——著名科学家竺可桢》

著名科学家竺可桢献身科学研究；治学严谨，一丝不苟；一生廉洁，两袖清风；作风民主，爱护学生。他以爱国之心、报国之志，从一个民主主义者逐渐成长为一个共产主义战士。

《热爱自然的大地之子——著名植物学家蔡希陶》

蔡希陶，五十载风雨，五十载坎坷，五十载奋斗，五十载开拓，为了发现对人类生产、生活有用的植物及新物种的引进而做出巨大贡献，在中国的植物资源学史上将永远镌刻着他的名字。

《高洁无私的襟怀——知识分子的楷模蒋筑英》

蒋筑英是中国当代知识分子的先锋典范，他不为名，不为利，尊重科学；他以坚忍的毅力和顽强的作风，在科学的道路上呕心沥血，鞠躬尽瘁，无私地奉献了青春和生命。

《迎接新生命的天使——卓越的妇产科专家林巧稚》

林巧稚是国内外享有盛誉的妇产科专家。在五十多年的医学教育和临床实践中，林巧稚亲自接生了五万多婴儿，治愈了数千病人，培养了数以百计的专门人才，为我国的妇女儿童事业做出了不可磨灭的贡献。

《独自成千古　悠然寄一丘——国画大师张大千》

张大千是20世纪中国画坛最具传奇色彩的国画大师，无论是绘画、书法、篆刻、诗词无所不通。在艺术界深得敬仰和追捧，艺术家们用真挚的感情，用绘画和雕塑展现了"张大千"多彩的艺术形象。

为抗战发出怒吼

《建造中国的通天塔——著名数学家华罗庚》

中国当代著名数学家华罗庚，为中国数学的发展做出了无与伦比的贡献，他是中国解析数论、典型群、矩阵几何等多方面研究的创始人与开拓者，也是我国最早将数学理论研究与生产实践紧密结合的科学家。

《问鼎长天　强我国威——两弹元勋邓稼先》

邓稼先是我国著名科学家，参加组织和领导我国核武器的研究、设计工作，从对原子弹、氢弹原理的突破和试验成功及其武器化，到新的核武器的重大原理突破和研制试验，作出了重大贡献。是我国核武器理论研究工作的奠基者之一，被誉为"两弹元勋"。

《敢叫天堑变通途——桥梁专家茅以升》

中国著名的桥梁专家茅以升从小立志为祖国建造桥梁，经过不懈努力，他不仅设计建造了一座座宏伟壮观、坚固实用的道路桥梁，而且搭建了一座座友谊之桥，为祖国建设作出了卓越贡献。

《蘑菇云之梦——核物理学家钱三强》

被誉为"中国原子弹之父"的核物理学家钱三强，更名后立志于科技报国；24岁投师于世界著名核物理学家居里夫妇；与夫人何泽慧合作，发现铀的"三分裂""四分裂"现象；统领我国的原子大军，做了大量创造性工作。

《两离桑梓地　满怀雪域情——领导干部的楷模孔繁森》

孔繁森，是一位一尘不染、两袖清风的好干部。两次进藏工作，历时十载，为西藏的建设、发展和稳定作出了突出的贡献。1994年11月，孔繁森不幸以身殉职。人民群众称他为新时期领导干部的楷模。

《摘取数学皇冠上的明珠——著名数学家陈景润》

陈景润是享誉世界的数学家，为了证明"哥德巴赫猜想"，他以惊人的毅力在数学领域里艰苦跋涉，终于攻克了世界著名数学难题"哥德巴赫猜想"中的"$1+2$"，创造了中国乃至世界数学史上的辉煌。

《学术独步　饮誉四海——享有国际威望的科学家卢嘉锡》

卢嘉锡是一位在国际科学界享有崇高威望的物理化学家、化学教育家和科技组织领导者。1945年，卢嘉锡满怀"科学救国"的热忱回到祖国，对中国原子簇化学的发展起了重要推动作用，他所指导的新技术晶体材料科学研究，也取得了重大成绩。

《德艺双馨　梨园楷模——著名豫剧表演艺术家常香玉》

常香玉1941年赴陕甘演出。1948年在西安创办香玉剧社。1951年为支援抗美援朝，率剧社巡回西北、中南、华南各地演出，以演出收入捐献"香玉剧社号"战斗机一架，素有"爱国艺人"之誉。

《文学大师　激流勇进——著名作家巴金》

本书以巴金生平和主要事迹为线索，回顾和展示现代著名作家巴金的一生，以期让人们看到巴金在这风云变幻的100多年中，有过成功的欢欣，有过屈辱的磨难，有过痛苦的忏悔，有过平静的安宁。巴金的人生，映照着一代中国五四知识分子坎坷而不平凡的命运。

《壮心系科学　孜孜为国昌——理论化学家唐敖庆》

本书讲述了唐敖庆从出国求学、学业有成、回国任教，到服从安排、艰苦工作、刻苦钻研，最终成为中国量子化学奠基者的过程。让人们看到了这位著名化学家的赤心爱国、严谨治学、大公无私的崇高品格和科研上的卓越成就。

《中国导弹之父——著名科学家钱学森》

当第一颗原子弹升空的时候，当中国的人造卫星奏响《东方红》的时候，当中国运载火箭腾空而起的时候，当中国研制的导弹准确命中目标的时候，人们都会想起他的名字：中国导弹之父钱学森。

《中国近代力学的奠基人——著名科学家钱伟长》

钱伟长曾以中文和历史两个100分的成绩考入清华大学。九一八事变后，钱伟长毅然放弃了文科的学习而转为理科。他是中国近代力学、应用数学的奠基人之一，在固体力学、流体力学以及航空航天领域，取得了卓越的成就，为新中国的现代化建设付出了毕生的精力。

《中国光学科学的奠基人——著名科学家王大珩》

王大珩是我国著名的科学家，中国光学科学的奠基人。他先在清华就读，后赴英国求学，学业有成，立志科学救国，其成就享誉神州。他以科学的求是精神和赤诚的爱国情怀，探索着中国光学发展的闪光之路。